Renate Blaes

Augen auf und durch

Roman

Schneekluth

Die Deutsche Bibliothek – CIP Einheitsaufnahme
Blaes, Renate:
Augen auf und durch: Roman / Renate Blaes
München: Schneekluth, 1996
ISBN 3-7951-1421-7

ISBN 3-7951-1421-7

Ein Verlagsimprint der Weltbild Verlag GmbH, Augsburg
Gesetzt aus der 11,5/13,5 Punkt Rotis Serif
Satz: CreativSatz GmbH, München
Druck und Bindung: Bercker Grafischer Betrieb GmbH, Kevelaer
Printed in Germany 1996

Für Harry

1. Abschlag

»Sie müssen wissen, daß ich normalerweise nicht auf Anzeigen schreibe.« Ach ja! Wirklich zu komisch, alle sind sie auf der Suche, und jedem ist es peinlich. Partnersuche per Anzeige ist anrüchig. Ist mir egal, ich steh dazu.

Ich bin Ende dreißig und habe keine Lust mehr, den Großteil meiner Freizeit in lärmerschütterten Discotheken und verräucherten Kneipen rumzuhängen und darauf zu warten, daß mir endlich der Mann des Lebens tief ins Auge schaut. Ich habe alles ausprobiert, was es auszuprobieren gibt. Habe Männer auf der Straße, im Cafe, im Job, beim Essen, im Urlaub, beim Sport, auf Feten, durch freundschaftliche Kuppelei und beim Fasching kennengelernt. Hatte langjährige Beziehungen, war verheiratet, bin streßlos geschieden, mag Männer, und Männer mögen mich, aber der sogenannte Richtige war noch nicht dabei, oder ich habe es nicht bemerkt, oder ich wollte es nicht wahrhaben, oder ich war noch nicht reif dafür, oder oder oder ...

Auf alle Fälle habe ich beschlossen, es per Anzeige zu versuchen. Jedes Jahr eine. Seit meiner Scheidung vor ein paar Jahren. Habe dabei auch jedesmal nette Typen kennengelernt. Ganz ehrlich. Keinen Schrott, Versager oder Hungerleider. Nein, bei den Kandidaten, die die kritische Voranalyse erfolgreich bestanden haben, war eigentlich immer irgendein attraktiver, intelligenter und erfolgreicher Mann dabei. Leider habe ich mich in keinen von ihnen verliebt.

Aber da hinlänglich bekannt ist, daß die Chance, dem Traummann per Anzeige zu begegnen, ziemlich gering ist, bin ich nach wie vor zuversichtlich.
Jeden Morgen die Spannung, was heute wohl im Briefkasten liegt? Massenweise Zuschriften. Die Auswahl beginnt bereits beim Umschlag. Hellgraues Umweltpapier mit Blümchen? Keine Chance. Auch gegen schreibmaschinengetippte, fotokopierte Massendrucksachen habe ich etwas. Und traurige Witwer mag ich auch nicht trösten. Auch nicht mit joggingsüchtigen Antialkoholikern durch grüne Auen hecheln. Oder als dirndlbekleidetes Schatzilein, das die in rustikaler Eiche eingerichtete Vierzimmereigentumswohnung im niederbayrischen Wald bevölkert. Und auch den Wunsch nach der sagenumwobenen Kindfrau im Abendkleid mit Jeans darunter will ich nicht erfüllen. Opern kann ich erst recht nicht leiden, meine schwarze Spitzenunterwäsche kaufe ich mir lieber selber, und die meisten der nicht angeforderten Fotos wären besser da geblieben, wo sie herkommen, im Familienalbum. Der Papierkorb füllt sich.

Am Samstag vormittag ein weißer Umschlag, mit Tinte beschrieben, grün und akkurat. Im Umschlag die erwähnte Rechtfertigung und der Hinweis, daß der Unterzeichner frei sei. Wär ja noch schöner! Mein Kater hockt neben mir im Bett, und ich greife zum Hörer, um Harald anzurufen. Harald, so heißt er nämlich.
Haralds Stimme ist jugendlich und kräftig. Er lacht auffallend viel und laut und sitzt in der ehemaligen

Scheune eines alten Bauernhauses, mit Blick über den ganzen Ammersee, und fordert mich auf, ihn Harry zu nennen, wie alle seine Freunde. Dann verrät er mir, daß er blond und schlank ist und blaue Augen hat. Ich mag schlanke Blonde mit blauen Augen. Es ist elf Uhr, ich stell mir vor, wie er aussieht und schwing den Phantasiepinsel. Tunke ihn in bunte Farben und male mir mein Idealbild. Und er gefällt mir. Gefährlich, ganz schön gefährlich, diese Vision. Meistens kommt der dumpfe Keulenschlag der Realität spätestens dann, wenn man sich gegenübersteht. Wie letztes Jahr zum Beispiel, als ich Odysseus kennenlernte. So charakterisierte sich der Mensch am Telefon, Architekt und Globetrotter. Nun gut, dachte ich mir, Odysseus klingt ja recht vielversprechend. Erfahrener, gestandener Mann, dem das gelebte Leben ins Gesicht geschrieben ist, ich verabredete mich mit ihm. Bedauerlicherweise stellte sich dann heraus, daß er etwas verwechselt hatte. Vor mir stand nicht Odysseus, sondern Methusalem. Tropensonne und Wüstenwinde hatten ganze Arbeit geleistet und den normalen Alterungsprozeß rasant beschleunigt. Er sah aus wie sein eigener Großvater.
Solche Schlappen passieren immer, das liegt in der Natur der Sache. Aber dadurch lasse ich mich nicht beeinträchtigen und bleibe, was Harry betrifft, bei meiner Vision. Ich will, daß er mir gefällt. Und außerdem, es könnte ja tatsächlich sein, daß er mir gefällt. Und wenn er dir nicht gefällt, ist das auch nicht der Weltuntergang, sagt der Intellekt zum Bauch. Naja, wenn du meinst, antwortet der Bauch,

aber schön wär's schon. Stimmt, schön wär's schon, nickt der Intellekt.
Meine Ungeduld wächst explosionsartig und kriegt sofort einen herben Dämpfer. Heute abend hat er keine Zeit, heute abend geht er mit Freunden essen. Er hat erst morgen Zeit. Erst morgen Abend! Oh Mann, und das mir, die alles am liebsten sofort hätte.
Der Samstag schleicht so vor sich hin, auch der Sonntag hat's nicht eilig. So langsam werde ich nervös. Was zieh ich an? Auf alle Fälle Stöckelschuhe und Rock. Meine schönen Beine werden heute nicht in Hosen versteckt. Enger Rock und kariertes Jackett. Die emanzipierte Frau soll nicht zu kurz kommen. Dann Tiefgarage, ins Auto und eine halbe Stunde Fahrt. Ich lasse mir Zeit. Nur nicht zu pünktlich. Nur nicht ungeduldige Neugierde vermitteln. So als hätte ich es nötig. Wer gibt schon zu, daß er's nötig hat? Die Tatsache meiner Anzeige verrät eh schon genug. Naja, immerhin hat er darauf reagiert. Aber mehr aus Gaudi, sagt er. Meine Anzeige war natürlich auch mehr als Gaudi gemeint. Mal gucken und so. Die übliche gegenseitige Beschwindelei eben. Jeder weiß Bescheid, keiner redet darüber. Stillschweigendes Abkommen.
Seine Wegbeschreibung ist sehr präzise, und ich finde das Bauernhaus am Ende des Dorfes auf Anhieb. Ruhig, ganz ruhig. Schön durchatmen, ganz lässig, ganz cool, aber auch nicht zu cool. Freundlich und gelassen lächeln. Mit Vorsätzen dieser Art entsteige ich meinem Auto und stöckle mutig und mit rapide steigendem Herzklopfen auf das Haus zu.

Klopf, klopf, gleich ist es soweit, klopf, klopf. Wenn er gar zu grauslig aussieht, sagst du ihm das unverblümt und fährst wieder, klopf, klopf. Und wenn er gut aussieht? Klopf, klopf, klopf. Dann laß es dir um Gottes willen nicht anmerken, klopf, klopf.
Ich bin ein paar Meter vom Haus entfernt, da hüpft mir ein blonder männlicher Mensch mit randloser Brille entgegen, strahlt, und mich trifft fast der Schlag. Jetzt ist es soweit, jetzt ist es passiert. Was ich gehofft und befürchtet habe, ist eingetroffen. Er gefällt mir. Was mache ich denn jetzt? Was mache ich denn, wenn ich mich in ihn verliebe? Denn das könnte durchaus passieren. Am liebsten würde ich wieder abhauen, aber ich bleibe natürlich.
Ein wunderschönes Haus hat er. Riesiges Wohnzimmer mit integrierter Küche, hohe Wände und offener Blick in die ehemalige Scheune. Moderne Möbel, gut eingerichtet. Das darf doch alles nicht wahr sein. Ich glaube, ich träume. Gottseidank steht da ein Golfschläger. Linkisch nehm ich ihn in die Hand und lasse ein Bällchen durch die Gegend rollen. Peinlich, mir ist alles peinlich, was ich tue und sage. Wenn der wüßte, wie ich mich fühle. Auf die Idee, daß er die gleichen Probleme hat wie ich, komme ich gar nicht. Verlegen schwitze ich vor mich hin und hoffe, daß er es nicht merkt. Dann machen wir der peinlichen Verlegenheit erstmal ein Ende und fahren in seinem Auto ein Dorf weiter.
Gemütlich eingerichtetes Gasthaus direkt am See. Holzgetäfelte Wände, Kerzen auf den Tischen, rosarote Tischdecken, ich muß sofort eine Zigarette rauchen. Er ist Nichtraucher und hält offensichtlich

nicht viel von Rauchern. Beinahe zünde ich mir die Zigarette am Filter an. Schon wieder peinlich, mein Gott, wie peinlich. Was soll ich bloß reden, was soll ich bloß antworten?
Also eins fällt mir ganz massiv auf. Bei den anderen Typen, mit denen ich essen war, war das alles ganz anders. Da hatte ich keine Probleme, da hatte ich alles voll im Griff. Da konnte ich lachen, da konnte ich scherzen, frech sein, Fragen stellen. Da war ich gelassen, da war alles ganz easy. Und hier, mit diesem Menschen, da fühle ich mich wie ein kleines Mäuschen. Bedenklich, sehr bedenklich. Also bemühe ich mich, meine Unsicherheit so gut wie möglich zu verstecken.
Wir plappern drauf los, reden über dies und jenes. Lauter unwichtige Dinge. Beinahe nur unwichtige Dinge, denn er erzählt mir von seiner »Status quo«-Beziehung. Aha, da liegt der Hase im Pfeffer. Er hat also doch eine Beziehung. Status quo zwar, aber immerhin eine Beziehung. Ich frage, was das denn bedeute, status quo. Er windet sich ein bißchen, und ich erfahre nicht mehr als ich mir auch allein hätte denken können. Mit schlichten Worten ausgedrückt hat er eine Beziehung, die er eigentlich gern beenden möchte, aber noch nicht beendet hat. Nun verstehe ich den Satz in seinem Brief, daß er ungebunden sei. Er möchte es gern sein, ist es aber nicht. Behaupte ich einfach. Er protestiert, aber in meinem Bauch grummelt es ungut. Meine Intuition hat mich bisher selten verlassen. Mir stinkt's. Was mache ich nun? Ich warte ab, beschließe ich. Rauche und trinke Wein. Zwischendurch verspüre ich das Bedürfnis,

ihn in den Arm zu nehmen, was ich dann auch mache.
Er ist irritiert.
Das bin ich allerdings auch und versuche, es nicht allzu offen zu zeigen. Wow, dieser Typ gefällt mir! Der gefällt mir so gut, daß ich am liebsten keine Grenzen kennen würde. Gottseidank kennt er sie wenigstens, und ich fahre kurz vor Mitternacht unberührt und ziemlich verwirrt nach Hause.

Zwei Tage später sitzt er an meinem Eßtisch. Ich habe gekocht. Wir flaxen drauflos, aber ein flüssiges, unkompliziertes Gespräch kommt nicht zustande. Es ist alles ziemlich holperig, eher ein zusammenhangloser Schlagabtausch. Einerseits fühle ich mich zu ihm hingezogen, andererseits fehlt mir die menschliche Wärme. Er sagt was Belangloses, ich möchte was über ihn persönlich erfahren, fange an, von meiner Kindheit zu erzählen, das interessiert ihn nicht die Bohne. Alles ist wahnsinnig anstrengend, und irgendwie fühle ich mich komplett hilflos, ausgeliefert. Aber wem oder was? Solche Situationen sind mir total fremd. Normalerweise bin ich Herrin aller Dinge. Bei ihm nicht. Ich fühle mich wie vier oder fünf. Dagegen muß unbedingt angekämpft werden. Und das tue ich, mit aller Kraft.
Völlig überrraschend erzählt er mir, daß vor fünf Jahren die große Liebe seines Lebens tödlich verunglückt ist. Drei Monate, nachdem sie bei ihm eingezogen war, stürzte das kleine Privatflugzeug ab, zerschellte an einem Berg. Sie war schwanger, und er konnte es nicht fassen. Monate verbrachte er in

einer Art Trance. Ich habe das Gefühl, daß er sie noch immer liebt und spüre Eifersucht in mir auftauchen. Meine Konkurrentin ist eine Tote. Das ist das Schlimmste. Gegen eine tote Konkurrentin kann ich nicht ankämpfen. Egal, was ich tue, sie wird immer die Bessere sein. Und trotzdem habe ich wenigstens in einer Hinsicht die bessere Karte. Ich lebe, und er übernachtet bei mir. Wir kuscheln, aber schlafen nicht miteinander. Ich habe keinen Aids-Test, und er ist konsequent. Ohne Aids-Test läuft nichts, auf Gummi hat er keine Lust.
Am nächsten Morgen hat er es ziemlich eilig. »Wir telefonieren ...«, der obligatorische, abgrundtief verhaßte Abschiedsgruß zwischen Tür und Angel. Er ist weg, und ich fühle mich nicht gut.

Eine Design-Ausstellung ist Grund genug für mich, ihn eine Woche später anzurufen und Grund genug für ihn, mitzugehen. Unpersönlich tappen wir zwischen den Pappwänden herum, bewerten mehr oder weniger fachmännisch alles, was da hängt und gehen anschließend essen. Italienisch. Beim besten Italiener Münchens, sagt er. Naja, kann sein, beeindruckt mich kein bißchen.
Während des Essens berichtet er mir, daß er zur Zeit Beziehungen unterhält zu ungefähr fünf Damen und es ihm am liebsten wäre, alle fünf in einer vereinigt zu finden. Da kannst du lange warten, du Blödmann, antworte ich in Gedanken, lächle ihn aber souverän an. Er lächelt zurück, seufzt ein wenig, und ich traue mich nicht, ihm zu sagen, daß mich die Sache mit den diversen Damen ziemlich ärgert. Stattdessen laß

ich mir den sardischen Wein durch die Kehle gluckern.
Da er keine große Lust verspürt, die dreißig Kilometer zum Ammersee zu fahren, übernachtet er wieder bei mir. Ich habe nichts dagegen, im Gegenteil. Denn nachts, in der diskreten Dunkelheit, läßt er die Gefühle frei, die er tagsüber sicherheitshalber verbirgt. Nachts wird aus diesem coolen Typen ein rührender Schmuse-Junge, der fröhlich und ausgelassen mit seinen Gefühlen durchs Schlafzimmer tobt. Nachts ist dieser Mann nicht mehr wiederzuerkennen, nachts ist dieser Mann vierzig Jahre jünger. Am nächsten Morgen hat er wieder sein normales Alter, und die Gefühle hocken bereits im Käfig. Betrübt schauen sie heraus und winken zaghaft zum Abschied.

Mitte April kriege ich ein Ohrgeräusch und muß schleunigst ins Krankenhaus. Alle meine Freunde besuchen mich, rufen an, fragen, wie's geht, kümmern sich um mich. Er nicht. Valiumbedröhnt liege ich in dem kahlen Zimmer und frage mich in den wachen Minuten, warum er nichts von sich hören läßt. Die Antwort zu finden ist nicht besonders schwierig und macht traurig. Jedes Mal, wenn das Telefon bimmelt, wünsche ich mir, er wäre es. Es ist immer jemand anderes.
Nach zwei Wochen werde ich entlassen. Der Piepston in meinem Ohr ist noch da und der Arzt ratlos. Tja, da kann man nichts machen, meint er lakonisch und zuckt mit der Schulter.
Zu Hause angekommen, hänge ich mich ans Telefon, will ihm sagen, daß ich wieder da bin. Er ist verreist,

sagt mir sein Mitarbeiter. Am Samstag hat er Geburtstag, und ich kaufe vierundvierzig kleine Geschenkchen, überwiegend Spielzeug. Einen Seifenblasen-Puster, einen Springball, eine Trillerpfeife, einen Tischkreisel – lauter Unsinn eben. Mit diebischer Freude mache ich mich daran, vierundvierzig kleine Päckchen zu packen. Die befestige ich an einer langen roten Schleife, die er dann durch sein Wohnzimmer hängen soll.

»Den Mann müssen Sie aber ziemlich gern haben«, meint der Maler, der die Türen streicht und lachend mein Treiben beobachtet.

»Ja, stimmt. Aber ich befürchte, das beruht nicht auf Gegenseitigkeit.«

Der Maler gibt mir noch einen guten Tip: »Laufen Sie dem Mann nicht nach. So 'ne tolle Frau wie Sie hat das nicht nötig. Hinter Ihnen müssen die Männer doch her sein wie der Teufel hinter der armen Seele.«

Da hat er nicht ganz unrecht. Aber ich will ihn. Diesen coolen Typen, der nachts so heiß ist.

Am Freitag nachmittag fahre ich an den Ammersee, stelle ihm die Schachtel mit dem Krimskrams vor die Tür. Ein paar Stunden später lädt er mich zum Essen ein, mein Auto braust schon wieder in Richtung Ammersee, und ich habe mittlerweile den Aids-Test. Aber vorher wird gegessen und Konversation gemacht. Doch das ist gar nicht so einfach. Ein harmonisches Gespräch mit ihm ist schwierig, er ist permanent anderer Meinung als ich. Egal, was ich sage, sein Standpunkt ist anders. Aber ich bin ja Gottseidank nicht auf den Mund gefallen und argumentiere munter drauflos. Zwei Menschen mit geschliffenem Mundwerk sitzen in dem alten Bauernhaus, auf dem Eßtisch brennen weiße Kerzen, und jeder will dem anderen zeigen, wer der bessere ist. Als er mich in den Arm nimmt, fließe ich dahin und vergesse das zähe Gespräch. Was sind schon Worte? Die Taten zählen, und wir schreiten zur Tat in die ehemalige Scheune.

Kein Mensch kann sich vorstellen, was da passiert. Da geht die Post ab. Wochenlang nur schmusen, das putscht auf, das bringt die Energien in Richtung Explosion. Der Mann braucht seine Hände nur irgendwo auf meinen Körper zu legen, und durch mich rasen Stromstöße. So was habe ich bisher noch nicht erlebt. Er auch nicht. Es macht uns beide unsicher, aber wir sprechen nicht darüber, und mich zieht etwas zu ihm hin, was ich auch noch nicht erlebt habe. Irgend etwas Magisches, hat aber beileibe nicht nur mit Sex zu tun. Im Gegenteil. Es ist so, als würde ich ihn schon ewig kennen, einerseits. Andererseits herrscht zwischen uns eine merkwürdige Fremdheit oder besser Befangenheit. Darüber will ich reden, er nicht. Er mag nicht reden, nicht über Gefühle. Ich zwinge ihn trotzdem dazu, und er flippt aus. Brüllt und schreit:

»Hau ab, laß mich in Ruhe mit deinen Gefühlen. Ich habe keinen Bock zu reden. Schon gar nicht über Gefühle. Über Gefühle redet man nicht, Gefühle fühlt man«, fängt plötzlich an zu weinen und wirft sich aufs Bett.

Vollkommen fassungslos sitze ich auf der Treppe und weiß nicht, was ich tun soll. Verwirrt fahre ich nach Hause und schlafe schlecht.

Wir sehen uns ungefähr einmal die Woche, und der Ablauf ist jedesmal der gleiche. Erst essen wir miteinander, dann schlafen wir miteinander. Und diese Ambivalenz nimmt immer größere Ausmaße an. Kühle, sachliche Zurückhaltung über dem Eßtisch, heiße, ekstatische Nähe auf der Matratze. Ich bemühe mich, so zu tun, als würde mir das nichts ausmachen, als wäre das alles absolut selbstverständlich für mich, aber tief drinnen tut es weh. Ich sehne mich nach Wärme, Nähe und Geborgenheit und bekomme Sex und Erotik. »Naja, besser als nichts«, sagt der Kopf zum Bauch. Der Bauch glaubt ihm nicht.

2. Fore

»Was hältst du von einer Fahrradtour durch's Murnauer Moor?« fragt er eines Tages im September. Ich halte viel davon.
Wir übernachten in einem Gasthof, und beim Sex macht er kleine Witzchen. Witzchen beim Sex, das mag ich gar nicht. Als ich ihm das mitteile, seufzt er genervt und dreht sich auf die andere Seite. Mein Gott, warum kann ich den Mund nicht halten? Das konnte ich noch nie. Ich sollte es lernen. Zum richtigen Zeitpunkt den Mund zu halten, das macht das Leben erheblich leichter. Das hat schon meine Mutter gesagt.
Am nächsten Morgen schwingen wir uns auf die Sättel und fahren in die Landschaft. Mein vollbeladenes Rad muß ich allein den Hang hinauf und über das Bahngleis schleppen. Die entsprechend vorwurfsvollen Bemerkungen prallen an ihm ab.
»Mußt du denn immer rummosern? Außerdem kannst du das doch prima allein!«
Ja, stimmt. Ich kann das wirklich prima allein, aber ich fände es schöner, wenn er das galant übernehmen würde. Dabei weiß ich genau, daß er alles mögliche ist, aber auf keinen Fall galant. In den Mantel helfen, Autotür aufhalten, et cetera, das sind Relikte aus altertümlichen Zeiten. Schließlich sei ich emanzipiert. Da hat er auch wieder recht, aber trotzdem ...
Das Murnauer Moor präsentiert sich wie eine Landschaft aus Grimms Märchen, und entsprechend ist alles eine Nummer kleiner als normal. Geheimnisvoll

wispernde Winkelchen mit breitflächigem Gestrüpp, versetzt mit winzigen Bäumen, an denen dunkelrote und schwarzblaue Beeren hängen, schattige Birkenhaine mit plätschernden Bächlein zwischen bemoosten Minihügeln, türkisfarbene Pilzchen mit ausgefransten Häubchen, dazwischen hocken reglos kleine Frösche im Zittergras und warten auf die Prinzessin, die sie wachküßt. Wenn plötzlich die sieben Zwerge mit roten Zipfelmützen und dem Schneewittchen-Sarg auf dem Rücken durch die Gegend zögen – es würde passen. Meine nackten Füße tappen vorsichtig über den feucht-grünen Teppichboden, bei jedem Schritt gluckert lauwarme Flüssigkeit durch die Zehen, ich juchze vor Vergnügen, und Harry meint, ich solle nicht so rumplärren. Meine übermütige Begeisterung kriegt mal wieder den väterlichen Dämpfer, kleinlaut halte ich den Mund.
Am blauen Himmel tauchen bedenklich viele graue Wolken auf, und eine Stunde später platscht es wie aus Kübeln auf uns runter. Innerhalb von wenigen Minuten bin ich naß bis auf die Haut. Entgegen seinem Ratschlag habe ich kein Regencape mitgenommen, besser gesagt, ich hätte gar keins mitnehmen können, weil ich keins habe. Er dagegen strampelt mit seinem roten Anorak mit Kapuze, die nur noch Augen, Nase und Mund freiläßt, unbehelligt durch den Regen.
»Ich hab's dir gesagt«, spricht der Vater durch die Kapuze, »aber du wolltest ja nicht hören!«
Ach, halt doch die Schnauze, murmle ich zornig und trete widerborstig in die Pedale, während mein T-Shirt allmählich durchsichtig wird. Da vorn taucht

ein Dorf auf. Zielstrebig steuern wir es an, als sein Fahrrad ein häßliches Geräusch von sich gibt. Erst ein hartes, metallisches, Klick-Klack-Klick, dann ein krachendes Scheppern, und er brüllt:
»Scheiße!«
Seine Kette hängt zwischen den Speichen im Dreck. Na bravo. Ich stehe im Regen und schaue zu, wie er sich bemüht, das schwarz-schmierige Ding wieder dorthin zu montieren, wo es hin gehört. Derweil schüttet es weiter in Strömen. Ich habe keine trockene Stelle mehr am Körper, er flucht.
Beim wiederholten Versuch, die Kette auf die Zahnräder zu hebeln, reißt sie schließlich, und jetzt können wir die Räder schieben. Ich liebäugle zwar für einen kurzen Moment damit, mich auf's Rad zu schwingen und vorauszufahren, tue es aber lieber nicht. Das würde er mir bestimmt übelnehmen, er ist zwar nicht zimperlich beim Austeilen, umgekehrt aber ein empfindliches Seelchen. Also tappe ich neben ihm her. Ist im Grunde sowieso egal, noch nässer als ich bereits bin, kann ich ohnehin nicht werden.
Nach einer halben Stunde erreichen wir endlich das Dorf und suchen nach einem Gasthof. Ein altes Bäuerchen schickt uns ans Ende des Ortes. Tatsächlich, dort wo Fuchs und Hase sich Gute Nacht sagen, erhebt sich ganz unmotiviert mitten in der Landschaft ein relativ feudales Hotel. Wir klauben die patschnassen Satteltaschen von den Rädern und stehen triefend an der Rezeption. Pikiert schaut uns der Mensch hinter dem Tresen von oben bis unten an, hält sich aber ansonsten zurück.

»Haben Sie ein Doppelzimmer frei?«
Der Mensch zögert eine Sekunde, schaut dann herablassend in ein großes Buch und sagt zu meiner Überraschung »ja«. Dann übergibt er uns mit jovialer Geste den Zimmerschlüssel, winkt dem Laufburschen und deutet grinsend auf unsere in sich zusammengesunkenen Taschen. Als der Bursche sie hochhebt, hinterlassen sie zwei große Pfützen auf dem Marmor, die langsam ineinander laufen.
Das Zimmer ist ganz nett, bayrisch rustikal, mit dunkel gebeizten Balken an der Decke und Messingbetten. Das Beste aber ist der Fußboden, er ist nicht mit Teppich ausgelegt, sondern mit Terracottafliesen. Teppichboden in Hotelzimmern kann ich nicht leiden, weil sich Milliarden von Milben, Fußpilzbakterien und anderen Kleinlebewesen darin tummeln. Angeblich.
Ich nehme ein heißes Bad und finde erstaunlicherweise noch ein einigermaßen trockenes T-Shirt in meiner Radtasche. Die Jeans blase ich mit dem Fön in einen annähernd tragfähigen Zustand, die Füße stecken in sehr feuchten Turnschuhen, die beim Gehen quietschen.
Im ebenfalls rustikal möblierten Speisesaal ist es Gottseidank mollig warm, weil im Kamin große Holzscheite knisternd vor sich hin glühen. Als erstes gelüstet mich nach einem Wein. Badischer Weißherbst, mein Lieblingsgetränk. Als ich das zweite Glas bestelle, sagt er scharf:
»Trink doch erstmal das eine Glas aus, bevor du das zweite bestellst.«
»Das ist rein vorsorglich«, erkläre ich.

»Du wirst doch vielleicht ein paar Minuten ohne Wein im Glas aushalten können!«

Tja, was soll ich darauf sagen? Natürlich hat er recht. Ein paar Minuten ohne Wein im Glas könnte ich schon aushalten, wenn ich so recht darüber nachdenke. Aber warum soll ich überhaupt darüber nachdenken, und vor allem, was geht es ihn an? Genau das sage ich ihm. Und genau das ist der Fehler.

»Das geht mich schon was an«, bellt er zurück, »ich habe keine Lust, mit einer Alkoholikerin am Tisch zu sitzen.«

»Ich bin keine Alkoholikerin!« verteidige ich mich postwendend.

»Man könnte es aber vermuten!«

Ich beschließe, nicht zu reagieren.

Das zweite Glas Wein wird serviert, und das erste ist noch nicht ganz leer.

Er deutet auf die beiden Gläser und sagt in erzieherischem Ton:

»Siehst du?«

»Ich sehe zwei Gläser.«

»Eben, genau das meine ich ja!«

»Was meinst du?«

»Du verstehst mich schon!«

»Ich verstehe nichts!«

»Das ist ja das Schlimme!«

»Was ist jetzt so schlimm, daß ich zwei Gläser da stehen habe, oder daß ich nichts verstehe?«

»Beides!«

»Aha!«

Aus Psycho-Büchern ist mir der Ausdruck ›symme-

trische Eskalation‹ vertraut, und da ich eine schlaue Frau bin und Eskalationen jeglicher Art vermeiden möchte, beschließe ich jetzt, das Thema zu wechseln.
»Hast du auch so kalte Füße?« frage ich nett lächelnd.
»Du wechselst das Thema!« erkennt er gereizt.
»Stimmt!« gebe ich strahlend zurück.
»Und warum?«
»Weil es nichts bringt. Schon mal was von symmetrischer Eskalation gehört?«
»Nein! Und ich will auch nichts davon hören. Laß mich um Gottes willen mit deinen Psychogeschichten in Ruhe! Weiber! Alle psychosüchtig, grauenhaft! Kann ich nicht mal ne Normale kennenlernen?«
Diese Frage kann ich ihm leider nicht beantworten, weil ich nicht weiß, was er unter normal versteht. Und wenn ich was nicht verstehe, frage ich. Und wenn ich kurz nachgedacht hätte, hätte ich folgendes nicht gefragt.
»Was verstehst du denn unter normal?«
»Ich wußte es! Ich hätte es auf einen Zettel schreiben können!« stößt er gequält hervor.
Der Kellner balanciert zwei Teller in unsere Richtung und beendet die brisante Auseinandersetzung. Vor mir liegt ein Filetsteak mit Spätzle und in Rotwein gegarter halber Birne mit einem Klecks Preiselbeermarmelade oben drauf. Ich habe mächtigen Hunger und beschäftige mich intensiv mit Messer und Gabel. Das Gespräch kommt nicht mehr in Gang, und ich bin unschlüssig, ob ich darüber dankbar oder unzufrieden sein soll. Da ich unharmonische Schweige-

situationen nicht leiden kann, fällt mir plötzlich ein Thema ein, mit dem ich mich zur Zeit beschäftige. Und zwar mache ich mir Gedanken über meinen Job. Ich bin Werbegrafikerin, und ein guter Freund sagte vor kurzem etwas, das mich doch arg ins Grübeln brachte. Er meinte nämlich, während er aufmerksam ein paar Entwürfe an meiner Pinwand betrachtete:
»Gut, wirklich gute Sachen. Aber vielleicht irgendwie zu schön, zu edel. Wenn ich deine Sachen mit denen von Oskar vergleiche, so muß ich sagen, seine sind absolut null-acht-fuffzehn, unteres Mittelmaß. Aber er hat mehr Kunden und verdient viel mehr Kohle als du. Vielleicht solltest du weniger anspruchsvolle Sachen machen, sondern eher normale, die verstehen die Leute halt besser. Weil sie eben normal sind.«
Fassungslos lauschte ich seinen Worten.
»Ich kann doch nicht bewußt schlechtere Sachen entwerfen. Das ist doch wie beim Kochen, da werd ich doch nicht absichtlich ne schlechte Suppe kochen, wenn ich ne gute machen kann!«
»Ja, aber die Suppe ißt du selber!«
Da verstand ich, was er meinte.
Dieses Gespräch kommt mir jetzt in den Kopf, und darüber will ich mit meinem Gegenüber reden und fange ganz arglos an:
»Ich habe mal ne Frage. Weil, ... ich überleg zur Zeit, ob es nicht besser wäre, wenn ich weniger gute Entwürfe mache. Mit nicht so einem hohen Anspruch an Ästhetik und so weiter, du verstehst schon ...«
»Ich versteh nur eins, du redest Blödsinn. So einen

Blödsinn hab ich schon lange nicht mehr gehört! Es ist echt nicht zu fassen! Absichtlich schlechte Entwürfe ..., also wirklich!« Er schüttelt sein Haupt und tippt sich vielsagend an die Stirn.
Peng. Seine Worte knallen wie Pistolenkugeln erst um meine Ohren und von da aus direkt in meinen Bauch.
Ich bin fassungslos. Fassungslos über seine kaltschnäuzige, desinteressierte Reaktion. Keine Frage, keine einzige Frage. Hört oberflächlich zu und gibt gnadenlos seinen Kommentar zu einem Thema, das mir sehr am Herzen liegt und das ich sehr ernsthaft durchdenken und abwägen will.
»Deine Reaktion finde ich nicht okay. Du weißt ja gar nicht, was ich meine.« Zaghaft versuche ich nochmal, das Thema auf den Tisch zu bringen. Keine Chance.
»Das will ich auch gar nicht wissen, weil ich nur eins weiß, so einen Unsinn habe ich noch nicht gehört, und ich habe nicht die geringste Lust, mich weiter damit zu befassen!«
Nochmal peng. Alle eventuellen Unklarheiten sind restlos beseitigt. Ich merke, wie mir die Tränen hochsteigen. Ach du Scheiße, jetzt noch heulen! Genau das Richtige für ihn. Ich knalle die Kiefer aufeinander, verteile mit klappernden Augendeckeln die nach außen drängende Flüssigkeit rund um den Augapfel und atme tief durch.
Der Abend ist gelaufen und die Nacht natürlich auch. Wir liegen im Doppelbett, jeder kehrt dem anderen den Rücken, und die Vorstellungen von zärtlicher Erotik kann ich mir abschminken.

Wenn schon das nicht, dann will ich wenigstens reden, Mißverständnisse klären, Harmonie schaffen. Auweia, denkt der Intellekt, während der Mund bereits loslegt.
»Ich will mit dir reden«, drehe mich um und stupse ihn vorsichtig an.
»Kein Bedarf!«
»Wir können doch so nicht einschlafen!«
»Wie – so? Ich hab kein Problem.«
»Aber ich.«
»Das interessiert mich nicht. Ich bin müde und will jetzt schlafen.« Er zieht die Bettdecke über seinen Kopf und rückt seinen Hintern demonstrativ noch ein paar Zentimeter in Richtung andere Bettkante. Ich kapiere, daß jetzt absolut nichts mehr geht, und die Tränen sind nicht mehr zu bremsen.
»Auch das noch!!!«
Verärgert knipst er die Nachtischlampe an, greift nach dem Wecker, hält ihn sich vor die kurzsichtigen Augen, knallt ihn wieder auf den Nachttisch, schlägt die Bettdecke zurück, zieht hastig Hemd und Hose an, steigt barfuß in die klammen Turnschuhe und eilt dem Ausgang zu.
»Ich gehe jetzt ein paar Minuten an die frische Luft. Wenn ich zurückkomme, will ich meine Ruhe haben, und wenn das nicht geht, nehme ich mir ein Einzelzimmer!«
Spricht's und verläßt türknallend den Raum.
Schluchzend liege ich im Bett, beruhige mich aber bald. Morgen ist alles ganz anders, denke ich hoffnungsvoll in die Dunkelheit. Nach einer Viertelstunde kommt er wieder und legt sich schweigend ins Bett.

Am nächsten Tag wache ich in aller Herrgottsfrühe auf, weil auf dem Parkplatz direkt vor dem Fenster der Teufel los ist. Unentwegt fahren Autos vor, Türen klappen, Menschen reden und lachen, an Schlafen ist nicht mehr zu denken. Ich stecke meinen Kopf aus dem Fenster, eine Hochzeitsgesellschaft füllt den Hof. Weiterschlafen ist vollkommen unmöglich.

Es ist acht Uhr, die Sonne scheint, mit reservierter Freundlichkeit sitzen wir auf der Terrasse, frühstücken und unterhalten uns wieder über Belanglosigkeiten. Über gestern spricht keiner, ich auch nicht. Obwohl ich es gern tun würde. Aber eines habe ich mittlerweile gelernt, Gespräche über Gefühle kann er nicht ausstehen.

Ein junger Mechaniker einer Autowerkstatt bastelt eine halbe Stunde später die ramponierte Kette zusammen, um elf Uhr geht der Ausflug weiter, und allmählich steigt auch die Stimmung wieder auf eine normal-freundliche Ebene. Erleichtert trete ich in die Pedale. An dem Tag passiert nichts Weltbewegendes mehr. Allerdings bin ich auch ziemlich vorsichtig mit dem, was ich sage. Ich habe keine Lust auf weitere Dämpfer. Das Quantum vom Vortag reicht für eine Weile.

Wir radeln ungefähr fünfzig Kilometer, schwimmen nackt in einem kleinen Moorweiher umher, essen in einer verrauchten Bauernwirtschaft Wiener Schnitzel mit Kartoffelsalat und unterhalten uns über die zunehmende Umweltverschmutzung und die fatale Klimaverschiebung. Unterhaltung ist allerdings nicht so ganz der richtige Ausdruck, weil dabei ja mindestens zwei Leute beteiligt sind, er aber lieber Mono-

loge hält. Auf alle Fälle sieht er die Zukunft sehr düster, und alles wird ziemlich schlimm enden. Er ist froh, daß er schon so alt ist und den endgültigen Zusammenbruch des ökologischen Systems wahrscheinlich nicht mehr erleben wird.
Ich dagegen sehe das nicht so pessimistisch, meine Meinung interessiert ihn allerdings nicht. Also lausche ich artig, nicke ab und zu mit dem Kopf und frage mich ernsthaft, was mir an dem Typen eigentlich so gut gefällt. Eine befriedigende Antwort, eine, die so richtig überzeugt, kann ich leider nicht finden. Aber wahrscheinlich denke ich nicht intensiv genug darüber nach.
In einem mit blau karierter Bettwäsche bezogenen Doppelbett lieben wir uns eine Weile später, und einen Teil der Frage von vorhin kann ich jetzt konkret beantworten. Mir gefällt an dem Typen, daß er ein zärtlicher Liebhaber ist. Nicht so einer, der schnell zur Sache kommt und sie genauso schnell zu Ende bringt. Nein, er nimmt sich Zeit. Dieser Mann ist nachts wirklich nicht mehr wiederzuerkennen. Ein völlig anderes Wesen taucht da zwischen den Kissen auf. Tagsüber ziemlich unterkühlt, introvertiert und ungeduldig, nachts heiß wie ein Vulkan, extrovertiert und die menschgewordene Geduld. Da kommt man als Frau schon ins Grübeln, wie man diese Auster so knacken kann, daß sie auch tagsüber göffnet bleibt und ihre Perle freigibt.
Ich sage mir, Geduld, Geduld, Geduld. Meine Mutter hatte einen Spruch, der da lautete: »Mit Geduld und Spucke fängt man eine Mucke!« Dieses Motto schreibe ich mir jetzt auf die Fahne. Wäre doch gelacht.

Am nächsten Tag scheint immer noch die Sonne, wir radeln in Richtung Ammersee, der Ausflug geht zu Ende.
Die Räder rollen gemächlich die letzten hundert Meter an grasenden Kühen auf sein Auto zu. Spielerisch kurvt er in kleinen Schleifen auf dem schmalen Feldweg hin und her, als er einen Heißluftballon über uns entdeckt. Er kurvt weiter, mit Blick nach oben, macht einen Schlenker, ich ratsche mit knapper Not an ihm vorbei, berühre mit meinem rechten Pedal sein linkes, er verliert die Kontrolle über den Lenker und kippt samt Rad kopfüber in den Stacheldraht, der die Kuhweiden einzäunt. Entsetzt ziehe ich beide Bremsen, quietschend bleibt mein Rad stehen, ich haste auf ihn zu. Da liegt er, eingewickelt in sein Rad und den Stacheldraht. Blut strömt von Hals und Arm, sein T-Shirt hängt zerfetzt am dunkelrot triefenden Oberkörper, der Draht hat ganze Arbeit geleistet.
Oh Gott, was mache ich jetzt? Woher kriege ich einen Arzt, und noch dazu schnell? Panische Gedanken rasen durch meinen Kopf, aber er windet sich aus dem Stacheldraht, grinst matt und meint:
»Halb so schlimm. Ich hab' Verbandszeug. Dort in meiner rechten Satteltasche. Hol es raus!«
Erst ziehe ich den Mann aus dem Fahrrad, dann das Fahrrad aus dem Stacheldraht und danach das Verbandszeug aus der Tasche. Er ist wirklich perfekt ausgerüstet. Das ist ein weiterer Vorteil an ihm, er ist immer bestens vorbereitet für die Unwägbarkeiten des Lebens. Gestern der Anorak, heute die Erste-Hilfe-Utensilien. Hat auch sein Gutes, der vorsichtige

Pessimismus. Man muß mit allem rechnen! Wo er recht hat, hat er recht. Ich bin da viel argloser, rechne eher mit dem Schönen.
Ich besprühe seine Wunden mit flüssigem Pflaster und stelle fest, daß der Stacheldraht direkt neben der Halsschlagader einen tiefen Riß ins Fleisch gezogen hat. Hat der Typ Glück! Wenige Millimeterchen daneben, und aus wär's gewesen. So schnell hätte kein Mensch der Welt einen Arzt herzauben können. Er wäre vor meinen Augen verblutet. Was für eine Vorstellung!
Während ich seine Wunden stille, wird mir allmählich blümerant. Er sieht auch nicht gut aus. Total blaß, kann sich kaum auf den Beinen halten. Ich stütze ihn, während er sich ins Gras gleiten läßt und hole dann das Auto. Eine Stunde später sitzen wir bei seinem Hausarzt, der seine üblen Verletzungen versorgt und bestätigt, daß Harry unglaubliches Glück gehabt habe.
Zuhause angekommen, wankt er ins Bett, ich decke ihn zu und warte händchenhaltend, bis er eingeschlafen ist. Dann fahre ich nach München. Der Wochenendausflug ist beendet.

3. HANDICAP

Nach ein paar Tagen ist er bereits wieder auf dem Damm. Das Leben nimmt seinen gewohnten Gang, wir telefonieren unverbindlich miteinander, sehen uns ungefähr einmal die Woche, essen und schlafen miteinander, und das war's dann auch schon.

An einem Samstag nachmittag darf ich ihn zu einem Golfclub begleiten, bei dem er seit kurzem Mitglied ist. Er spielt zwar noch nicht Golf, aber als intelligenter Mann weiß er, daß die Zeiten, in denen er wie ein Wirbelwind über den Tennisplatz tobt und seinen Gegnern die Bälle um die Ohren schmettert, bald vorbei sein werden. Golf dagegen kann man spielen bis man umfällt, Hauptsache, man ist noch in der Lage, den Schläger zu schwingen. Golf ist seine sportliche Altersvorsorge, sozusagen.

Vor dem Clubhaus, einem ausgedienten Pferdestall, wird gefeiert, Grundsteinlegung für das neue Gebäude, der Pferdestall wird am nächsten Tag abgerissen. Vergnügte Golfspieler mit Metallspießchen unter den Schuhsohlen, damit sie sich beim Schwingen besser im Rasen verankern können und nicht das Gleichgewicht verlieren, trinken Sekt und essen Lachshäppchen. Wir sitzen in einer kleinen Gruppe auf einer Biergartenbank, als er plötzlich folgende Mitteilung macht:

»Ich habe beschlossen, doch noch ein, zwei Kinder in die Welt zu setzen.«

»Und das ist die zukünftige Mutter?« fragt einer neu-

gierig grinsend und deutet mit einer leichten Bewegung des Kinns in meine Richtung.
»Nee, die Mutter steht noch nicht fest.«
Also, mich haut's fast von der Bank. Das schlägt doch dem Faß den Boden aus. Am liebsten würde ich in der Erde versinken oder mich in Luft auflösen. Wie versteinert sitze ich da und weiß nicht, wie ich reagieren soll. Meinem spontanen Bedürfnis, ihm eine saftige Ohrfeige zu verpassen und dann den peinlichen Ort des Geschehens zu verlassen, gebe ich nicht nach.
Ich sitze also auf meiner Bank, lächle verkrampft, weil ich nicht weiß, wie ich angemessen reagieren könnte und tue so, als ginge mich diese Angelegenheit gar nichts an. Im Grunde tut sie das auch nicht, weil ich keine Kinder mehr kriegen kann, und der Typ weiß das auch. Anläßlich eines Abendessens habe ich ihm das mitgeteilt, als er mich fragte, ob ich Kinder habe. Nein, sagte ich daraufhin. Ich hatte mit Mitte dreißig, nach dem Ende meiner Ehe, beschlossen, meine Eileiter verschweißen zu lassen. Erstens, weil ich bis dato nie den Wunsch nach Kindern verspürte, und zweitens auch nicht damit rechnete, daß sich das je ändern würde und es demzufolge blödsinnig fand, dauernd die Pille zu nehmen.
Die anderen Leute am Tisch wissen auch nicht, wie sie reagieren sollen und wechseln abrupt das Thema. Meine Laune ist restlos versaut. Was will ich mit diesem Mann, der nicht weiß, was er von mir will und augenscheinlich nur eins weiß, nämlich, daß er ein Kind zeugen will. Mit irgendeiner der fünf Damen,

die vermutlich alle noch gebär-, beziehungsweise zeugungsfähig sind. Mir stinkt's gründlich.
Nach der Feier stiefeln wir im nahegelegenen Wäldchen zwischen Farnkraut und Buchenlaub umher und suchen Pilze. Wir finden auch tatsächlich welche, riesige Parasole und Herbsttrompeten. Bei letzteren handelt es sich um schwarz-grau-braune, pfifferlingähnliche Gewächse, die so penetrant giftig aussehen, daß man überzeugt ist, beim ersten Bissen tot umzufallen. Bezeichnenderweise nennt man sie mit zweitem Namen auch Totentrompeten.
Nichtsdestotrotz handelt es sich dabei aber um einen vorzüglichen Speisepilz, der um diese Jahreszeit in Feinschmeckerlokalen mit vorgehaltener Hand und in übersichtlichen Portionen serviert wird. Totentrompeten, fast so kostbar wie Trüffel und fast so teuer.
Diese Spezialität liegt jetzt vor mir auf einem riesigen schwarzen Teller. Daneben Naturreis und ein Klecks gelbliche Senfsoße. Das Essen schmeckt prima, aber ich grüble darüber nach, wie ich die unbefriedigende Liaison mit Harry beenden kann.
Denn so kann's nicht weitergehen, sage ich mir und beschließe, eine Woche Urlaub zu machen. Tennistraining in Italien.
»Viel Spaß!« wünscht er mir eine Woche später generös am Telefon.
»Werd ich schon haben«, antworte ich hoffnungsvoll und schwinge mich in mein Auto.

4. Etikette

In Italien herrscht Prachtwetter, die Tennisanlage liegt sechshundert Meter über dem Gardasee, das Essen ist hervorragend, die Menschen sind bester Laune, und ich stehe mit Ulla, meiner Tischnachbarin, nach dem Abendessen an der Bar. Ulla hat gerade eine unerquickliche Beziehung hinter sich und sucht Ersatz. So sitzen wir herausgeputzt, lachend und erzählend auf unseren Hockern, schlürfen an langen Röhrchen ein Mixgetränk nach dem anderen in uns hinein und harren der Männer, die da kommen sollten.

Es dauert auch nicht lange, und ein Menschenpulk quillt durch die Eingangstür. Gespannt schauen wir rüber. Ja, einige Kandidaten sind dabei. Der Pulk schiebt sich in unsere Richtung und macht direkt neben mir Halt.

Zwei braune Augen mustern mich. Ich mustere zurück. Ein mittelblonder, gutaussehender Anfangsvierziger steht mir gegenüber und stellt sich als Walter vor. Wir plaudern den ganzen Abend miteinander, er ist intelligent, witzig und geistreich. Zusätzlich besitzt er noch zwei auffallende Eigenschaften. Er stinkt granatenmäßig nach Koblauch und kennt unglaublich viele Fremdwörter. In mindestens jedem dritten Satz steckt eins drin, und ich kann nur vermuten, was es bedeutet, meistens noch nicht mal das. Ich revanchiere mich mit meinem Lieblingsfremdwort und lasse ganz nonchalant folgenden Satz los:

»Mit deinem Fremdwörtertick wird dich eines Tages noch die Nemesis ereilen!«
Kein Mensch kennt dieses nette Wörtchen. Er auch nicht und stutzt.
»Was wird mich ereilen?«
»Die Nemesis.«
»Was ist denn das ?«
Ha, genau das habe ich gehofft! Natürlich offenbare ich es ihm nicht. Er soll raten, und er versucht sein Bestes, um es herauszukriegen. Wie verrückt rät er in der Gegend herum, und jedesmal schmettere ich ihm herzlos entgegen:
»Falsch, ganz falsch!«
Die Menschen um ihn herum unterstützen ihn eifrig, kommen aber auch nicht drauf, und Ulla, der ich die Bedeutung mittlerweile ins Ohr geflüstert habe, grinst hämisch. Nach einer Stunde mache ich dem Ganzen schließlich ein Ende, indem ich zu Walter sage:
»Morgen, auf dem Tennisplatz, kannst du es erfahren. Aber nur, wenn du mich beim Match schlägst, natürlich.« Klar, daß er einwilligt. Wir verabreden uns für zwei Uhr nachmittags.
Der Urlaub fängt doch hervorragend an!
Er spielt erheblich besser Tennis als ich, sprintet wie ein junger Hüpfer auf dem Sandplatz hin und her und gewinnt 6:1, 6:2. Als Preis bekommt er von mir die Übersetzung von Nemesis, und außerdem erwäge ich, mich in ihn zu verlieben. Denn in meinem Alter sich spontan und unkontrolliert drauflos zu verlieben, ist unsinnig. Man prüft erst das Objekt seiner Begierde mittels einer geistigen Checkliste und ver-

liebt sich zweckmäßigerweise nur dann, wenn die wichtigsten Punkte mit »Ja« angekreuzt sind. Alles andere wäre Zeitverschwendung. Nur Teenager verlieben sich spontan und unüberlegt. Das macht auch nichts, weil die noch genug Zeit haben, um Irrtümer zu begehen.
Für alle, die es interessiert, hier ein paar dieser ungemein wichtigen Fragen: Sieht er gut aus? Quasimodo kommt für mich aus paritätischen Gründen nicht in Frage. Ist er schlank? Männer mit Bierbauch und Speckwülsten finde ich schrecklich. Hat er schöne Hände? Wurstfinger törnen mich total ab. Hat er einen knackigen Po? Der männliche Po ist bekanntermaßen das Pendant zum weiblichen Busen. Ist er intelligent? Dummschwätzer und Flachdenker bringen mich auf die Palme. Ist er gepflegt und ästhetisch? Nach Schweiß riechende Machos verusachen mir Übelkeit. Kann er zuhören? Monologisierende Zeitgenossen sind mir ein Greuel. Ist er ungebunden? Von Ehemännern und Haremsbesitzern habe ich die Nase gestrichen voll.
Was Walter betrifft, befindet sich hinter den meisten Fragen das Kreuz im richtigen Kästchen. Er hat nur einen Haken, er wohnt in Köln. Und das ist schlecht, sehr schlecht sogar, weil Köln viel zu weit weg ist von München. Als ich ihm das ganz unverblümt sage, meint er, das sei erstens Quatsch, und zweitens trage er sich mit dem Gedanken, Köln zu verlassen, dort wohne er bereits seit vierzig Jahren, und es sei an der Zeit, die Gegend zu wechseln.
Das klingt doch gut, und so beschließe ich, mich in ihn zu verlieben. Denn wenn ich mich in ihn verlie-

be, dann kann ich diesen Harry vergessen, kann ihn aus meinen Gedanken und meinen Gefühlen reißen. Und das muß ich dringend tun, weil ich spüre, daß er mir nicht gut tut. Ich brauche keinen Mann, der sich ständig zurückhält, zurückzieht und ganz unverhohlen zugibt, daß er sich nicht entscheiden kann, und dann noch mit fünf Frauen zur gleichen Zeit rummacht.
Kurz und gut, ich wähle Walter als Ersatz für den Mann am Ammersee und fange ganz einfach an mit den Dingen, die scheinbar notwendig sind, um eine vernünftige Beziehung zu entwickeln. Dazu gehört auch das Bett, und in der kommenden Nacht schlafen wir miteinander. Kein Vergleich zu Harry! Passabler Routine-Sex, könnte aber auch schlechter sein. Dafür kann ich mich mit Walter aber bestens unterhalten. Und da ja die Zeit, in der man Sex macht, in keinem Verhältnis steht zu der Zeit, die man zwecks vernünftiger Betätigung miteinander verbringt, wäge ich pragmatisch ab. Das Ergebnis ist eindeutig. Walter hat die erheblich besseren Karten. Trotzdem denke ich dauernd an den Typ vom Ammersee.

Der Urlaub ist schnell vorbei, Walter wieder in Köln und ich in München. Wir telefonieren täglich, und er meint, ich solle ihn am kommenden Wochenende besuchen. Das tue ich dann auch.
Am Freitag abend stehe ich vor einem abgrundtief häßlichen Wohnblock in der Altstadt von Köln und drücke auf den Klingelknopf. Das Treppenhaus entspricht dem äußeren Erscheinungsbild des Gebäudes, und ich trete durch die Eingangstür seiner Wohnung.

Erschüttert stehe ich im Flur. Dieses Gefühl begleitet mich auch ins Wohnzimmer und weicht nicht von meiner Seite. Grauenhaft! Die gesamte Bude ist ein geschmacklicher Ausrutscher, ein einziges Nierentischrelikt, und zwar von der preiswerteren Sorte. Mit offenem Mund stehe ich da, und mich überfällt ein nahezu unbezähmbarer Drang zu flüchten. Aber ich setze mich erst einmal auf sein rot geblümtes Klappsofa und versuche, mich zu beruhigen.
»Du hast ja einen ganz besonderen Einrichtungsgeschmack«, stoße ich gequält hervor.
Er freut sich spontan, kommt aber sofort ins Grübeln.
»Wie meinst du das?« fragt er skeptisch.
Die richtigen Worte zu finden, ist nicht ganz einfach.
»Also, mal ganz ehrlich, mein Geschmack ist es nicht«, der Satz windet sich aus meinem Mund, und ich bin sehr stolz auf diese diplomatische Formulierung.
Er schluckt.
»Naja«, entschuldigt er sich, »das sind die Möbel aus meiner Studentenzeit«.
»Das sieht man«, platze ich heraus »aber das ist doch schon ein paar Jährchen her!«
»Ja ja, stimmt schon«, entschuldigt er sich weiter, »aber mir war das bisher nicht so wichtig.«
»Eigentlich hast du ja recht«, verständnisvoll winke ich mit der Hand, »es gibt wirklich wichtigere Dinge.« Krampfhaft versuche ich, mir das selber einzureden. Es gelingt nur mäßig.
Das Schlafzimmer wird vom gleichen Einrichtungsstil bestimmt wie Flur und Wohnzimmer. Mit ge-

schlossenen Augen liege ich auf dem Bett und bemühe mich, zu entspannen und das Umfeld aus meinem geistigen Auge zu verdrängen. Es gelingt mehr schlecht als recht, und er küßt mich.
Nach dem Routine-Sex liege ich auf dem Bauch und drücke meine Nase in das Laken. Es muffelt. Es muffelt sehr.
»Dein Bett muffelt!« rüge ich.
Verblüfft schaut er mich an.
»Das versteh' ich nicht. Ich hab' es vorhin frisch bezogen.«
»Es muffelt aber trotzdem«, beharre ich, »vielleicht brauchst du 'ne neue Matratze, wenn die auch so alt ist wie deine Möbel.«
»Nee, die ist erst zwei Jahre alt.« Er denkt nach und findet eine Erklärung. »Aber vielleicht wäre es besser gewesen, ich hätte die alten Laken weggenommen.«
»Was?!«
Ich bin sicher, daß ich mich verhört habe. Er wiederholt den Satz nochmal, ich habe mich nicht verhört. Unter dem frischen Laken befinden sich drei alte. Ich glaub, ich spinne.
Benommen liege ich da und weiß mal wieder nicht, wie ich reagieren soll. Irgendwie kriege ich das nicht in die Reihe. Am liebsten würde ich schreien. Oder lachen. Oder weinen. Oder alles zusammen. Bei jedem Mann herrscht ein anderes Chaos. Ich möchte mich in den Schoß meiner Mutter verkriechen, um mich trösten zu lassen. Aber sie ist vor zwei Jahren gestorben.
Nachdem ich die drei alten Laken entfernt und in den Wäschekorb geschmissen habe, gehen wir essen.

Als erstes flöße ich mir ein Glas Wein ein, danach geht es mir besser. Wir unterhalten uns über Literatur und zwischenmenschliche Beziehungen, und ich stelle fest, daß ich eine zügellose Lust verspüre, mit ihm zu streiten. Ich widerspreche ihm unentwegt und nutze jede kleinste Möglichkeit, ihn zu provozieren. Er geht nicht darauf ein und fragt stattdessen:
»Sag mal, was ist eigentlich mit dir los?«
Genau das wüßte ich auch gern. Ich fühle mich unlustig, so richtig unzufrieden, meine Laune sinkt zusehends dem Nullpunkt entgegen. Am liebsten würde ich in mein Auto steigen und postwendend nach München fahren. Aber es ist schon spät, ich bin müde und bleibe.
Am nächsten Tag gehen wir auf den Markt, einkaufen. Ich werde kochen, Hähnchen in Weinsoße. Wieder daheim, durchforste ich die Schränke seiner spartanischen Küche nach brauchbarem Kochgerät. Auf der Suche nach einem Topf öffne ich eine Tür nach der anderen, und bei der letzten, rechts unten, trifft mich endgültig der Schlag. So was habe ich in meinem ganzen Leben noch nicht gesehen. In trauter Zweisamkeit mit einem Stapel Teller steht hier ein Paar Winterstiefel. Ich glotze wie paralysiert in das Fach und will es einfach nicht glauben. Die Realität ist erbarmungslos, die Stiefel bewegen sich nicht von der Stelle. Dunkelbraun und mit Pelz gefüttert, stehen sie unter dem Fach mit den Tellern, und die Schnürsenkel ringeln sich wie Regenwürmer um die Profilsohle.
»Was ist das denn?« brülle ich in seine Richtung. Beunruhigt kommt er angelaufen.

»Was denn?«
»Das da!« Ich deute auf die Stiefel.
Er begreift nichts, schaut mich nur fragend an.
»Das ist doch kein Schuhschrank!« stoße ich mit letzter Kraft hervor.
»Im Regal war kein Platz mehr«, erklärt er arglos und zeigt keinerlei Schuldbewußtsein. Das merkwürdige Stilleben ist ihm nicht ein bißchen peinlich, nein, er findet absolut nichts dabei, wenn sich seine Eßteller den Platz im Geschirrschrank friedlich mit Winterstiefeln teilen.
»Ich weiß gar nicht, was du hast, sie sind doch sauber und geputzt!«
So, das war's dann. Mein Vorhaben ist gründlich daneben gegangen. Ich habe wirklich alles getan, um mich zu verlieben. Es hat ja auch ganz gut angefangen, aber das ist echt zuviel. Das hält die stärkste Frau nicht aus. Falls ich überhaupt je in Walter verliebt war, bin ich es jetzt auf alle Fälle nicht mehr. Und daran wird sich auch nichts mehr ändern. Nichts zu machen, kein Mensch kann von mir erwarten, in einen Mann verliebt zu sein, der Schuhe in seinem Geschirrschrank lagert.
Walter ist ein bißchen traurig, als ich ihm diese Tatsache einige Tage später telefonisch und sanft beibringe. Wir bleiben gute Freunde.
Jetzt stehe ich wieder genau da, wo ich vor ein paar Wochen angefangen habe.

5. Regel

In meiner Funktion als Vorstandsmitglied eines Werbefachverbandes organisiere ich drei Wochen später ein Seminar. »Wie verkaufe ich mich besser?« heißt es, und wenn ich ehrlich bin, war ich der Initiator, und zwar deswegen, weil ich den Eindruck habe, daß ich dringend lernen muß, mich und meine Leistungen in ein positiveres Licht zu setzen. Meine Kunden meinen nämlich, meine Honorare seien zu hoch. Das stimmt natürlich nicht, denn alles ist nur eine Frage der Relation und vor allem der Argumentation, und die ist leicht zu lernen.
Ein Mensch namens Unterhäuser bringt einem das bei. Zwei Tage lediglich, und schon beherrscht man es. Ein Telefonat mit Unterhäuser, eine kleine Ankündigung in unserem internen Fachorgan, und schon sind die zwölf Leute zusammen, die Unterhäuser als Minimum braucht, um innerhalb von zwei Tagen zehntausend Markt zu verdienen. Gegen zwei oder drei mehr hätte er auch nichts einzuwenden. Letztendlich sind es dreizehn. Ich bin nicht abergläubisch, Unterhäuser auch nicht, und so findet Anfang Oktober das statt, was die Verkaufsfähigkeiten der dreizehn Teilnehmer eklatant verändern wird.
Dienstag früh, neun Uhr. Elf Menschen beiderlei Geschlechts sitzen an U-förmig ausgerichteten Tischreihen und harren der sensationellen Erkenntnisse, die Unterhäuser uns für günstige achthundert Mark pro Mann (und Frau) verspricht. Zwei Leute fehlen

noch. Unterhäuser fängt schon mal an, lässig an einen Tisch innerhalb des U gelehnt, halb sitzend, halb stehend. Er ist Anfang dreißig, richtig gut drauf, und seine Selbstsicherheit sucht ihresgleichen vergeblich, zumindest hier im Raum.

»Wir sind zwar noch nicht komplett, aber fangen wir doch schon mal an«, schlägt er vor. Zustimmend nicken alle mit dem Kopf.

»Also, sich richtig zu verkaufen, ist vor allem eine Sache der Kommunikation.« Wieder nicken alle.

Mit wiegenden Schritten schreitet er im U herum und bleibt vor einer Blondine stehen. Sie ist vom Typ strenge, aber zuverlässige Chefsekretärin, mit straff zurückgekämmten Haaren, Hornbrille und hochgeschlossener Bluse.

»Wissen Sie, wie spät es ist?« fragt er sie.

Spontan schiebt sie die Manschette ihrer Bluse ein paar Zentimeter nach oben, schaut auf ihre Armbanduhr und sagt: »Zehn nach neun.«

Unterhäuser grinst zufrieden, läßt seinen Blick erst durch die Runde kreisen und sagt dann süffisant:

»Ich wollte nicht wissen, wie spät es ist!«

»Wie bitte?« Die Blondine ist baß erstaunt. »Aber Sie haben doch ganz deutlich gefragt, wie spät es ist«, rechtfertigt sie sich und schaut Bestätigung suchend ihren Tischnachbarn an. Der nickt. Na also.

»Ich habe gefragt, ob Sie wissen, wie spät es ist«, klärt Unterhäuser sie auf.

Jetzt ist sie restlos verwirrt, rückt ihre Brille zurecht und zuckt ratlos mit den Schultern. Die anderen wundern sich auch, ich nicht, weil ich das Buch

kenne, in dem dieser perfide Gesprächsablauf in allen Einzelheiten beschrieben ist.
»Sehen Sie«, fährt er strahlend fort und dreht sich um die eigene Achse, »das ist ein ganz typisches Beispiel für Kommunikation, beziehungsweise für Manipulation. So, und nun frage ich Sie ...« Es klopft. Zaghaft öffnet sich die Tür einen Spalt, ein halbes Frauengesicht taucht auf.
»Ist hier das Verkaufstraining?«
»Ja!«
Die leichte Verärgerung Unterhäusers über die Störung in solch einem triumphalen Moment ist nicht zu überhören.
»Entschuldigen Sie bitte, auf der Autobahn war Stau.«
Die Frau kommt rein, hinter ihr kommt noch jemand. Ein großer, dünner Mann mit schwarzen Haaren, schwarzer Brille, schwarzen Klamotten, runden Hängeschultern und eingezogenem Kopf. Er schlurft hinter ihr her, langsam wie eine Schnecke. Beide setzen sich endlich, und Unterhäuser macht weiter.
Im Laufe des Vormittags stellt sich raus, daß Unterhäuser ein fleißiger Mensch ist, weil er augenscheinlich alle gängigen Psychobücher zum Thema Kommunikation verinnerlicht hat. Ich habe auch einige gelesen und erfahre kaum etwas Neues, aber Spaß macht's trotzdem. Und während der ganzen Zeit glotzt mich der dünne Mann an. Fixiert mich durch seine schwarze Designerbrille, und ich traue mich kaum noch, in seine Richtung zu schauen, weil er permanent meinen Blick auffängt und dann jedesmal verhohlen grinst. Ansonsten sagt er den ganzen

Vormittag kaum ein Wort, hockt ganz einfach da, schreibt ab und zu etwas in seinen Notizblock und frißt mich mit seinen Augen auf. Was will dieser Typ von mir? Ich werde es bald erfahren.
Beim Mittagessen sitze ich mit Kollegen bereits am Tisch, als er mit seinem Schneckengang auf uns zu schleicht.
»Darf ich mich zu Ihnen setzen?«
Meine Tischnachbarn nicken desinteressiert, und schon sitzt er auf dem freien Stuhl, genau mir gegenüber.
»Fein's Sübble«, strahlt er und löffelt die Spargelcreme bis auf's letzte Tröpfchen aus der Terrine. Dann verrät er uns, daß er aus dem Schwabenländle kommt. Ach was, denke ich hämisch, da wäre ich nie drauf gekommen, bei deinem grauenhaften Dialekt. Sage aber nichts.
Seinen Teller wischt er mit einem Baguette-Stückchen blütenweiß rein, fehlt nur noch, daß er ihn ableckt. Dann lehnt er sich zufrieden zurück, grinst mich wieder so dämlich an und verwickelt mich in ein Gespräch über Hermann Hesse, seinen Landsmann. Sie stammen zudem aus demselben Ort. Ohne lange nachzudenken, gebe ich blöde Kuh auch noch zu, daß Hesse mein Lieblingsschriftsteller ist und hocke mitten drin in der Falle – ohne es zu merken, natürlich.
Beim allgemeinen Abschied am nächsten Abend will ich mich gerade aus dem Staub machen, als er aufgeregt hinter mir her ruft und auf mich zu rennt. Ich staune, daß er sich so schnell bewegen kann und bleibe stehen.

Atemlos und wieder so dämlich grinsend meint er, daß er sich unheimlich freue, mich kennengelernt zu haben und daß er mich unbedingt demnächst besuchen müsse. Der Gleichklang zum Thema Hesse sei so phänomenal, das habe er noch nie erlebt, und überhaupt sei ich eine bemerkenswerte Frau, auch so was habe er noch nicht erlebt, und es sei ungemein wichtig für ihn, mich noch einmal zu treffen, um in aller Ruhe mit mir zu reden, in einem ganz anderen Umfeld, ohne andere Menschen, und so weiter.
Die vollen zwei Tage hat dieser Mensch nicht so viel geredet wie in diesen zwei Minuten. Er redet wie aufgezogen, verhaspelt sich, drückt mir seine Visitenkarte in die Hand und will unbedingt auch meine. Ich laß mich überrumpeln und gebe sie ihm. Dann treffe ich mich mit Freunden zum Abendessen und komme erst spät nach Hause.
Im Fax steckt bereits eine Nachricht von ihm. Das, was er mir einige Stunden vorher bereits erzählt hat, steht nun schwarz auf weiß auf Thermopapier. Mich langweilt das Gesülze, ich zerreiße das Fax und schmeiße es weg.
Am folgenden Tag bleibe ich unbehelligt, am Tag darauf krieg ich Post von ihm, ein Kurzgeschichtenbüchlein von Hermann Hesse mit persönlicher Widmung. Das Buch habe ich bereits, und wegen der Widmung werde ich es nicht weiterschenken können, es sei denn, ich reiße die Seite raus, aber das würde auffallen.
Am nächsten Tag kriege ich eine Postkarte und am übernächsten einen langen Brief. Geschrieben auf der Rückseite von einem Bogen Geschenkpapier. Die

kalligraphische Schrift ist so akkurat, daß man vermuten könnte, sie sei gedruckt. Jeder Buchstabe sieht aus wie gemalt. Keiner schief, schräg oder schluderig dahingeschmiert. Nein, jeder Buchstabe folgt akribisch dem anderen. Er malt eine Art Fabel, Mann trifft Frau und so weiter, die ewige Geschichte der Menschheit eben. Glaubt wohl, damit könne er mich hinter dem Ofen hervorlocken. Weit gefehlt. Auf so plumpe Anbiederung bin ich noch nie hereingefallen. Ich liebe das Schwierige und werfe das Geschenkpapier dem Fax hinterher.

Eins muß man ihm lassen, er hat Ausdauer. Jeden Tag bekomme ich Post von ihm. Oder Faxe. Es handelt sich überwiegend um literarisch anmutende Ergüsse, denen man anmerkt, daß der Verfasser sich sehr angestrengt hat und sich selbstgefällig auf die Schulter klopft, weil er das Ergebnis so klasse findet. Ich überfliege das Zeug und schmeiße es gelangweilt weg, aber als ich eines Tages über einem schwierigen Werbetext hänge, fällt mir ein, daß er ja Texter in einer bekannten Agentur ist, und ich komme auf die schwachsinnige Idee, ihn anzurufen. Er ist komplett begeistert und will sofort nach München kommen, so was wäre nichts für's Telefon. Außerdem könne man dann zwei Fliegen mit einer Klappe schlagen, die private und die berufliche. Schon hat er mich überredet, am Freitag abend steht er vor der Tür, hängeschultrig, mit seinem schildkrötenähnlich eingezogenen Kopf und grinst durch seine Brillengläser. Die Angelegenheit mit dem Werbetext ist schnell erledigt, und wir sitzen beim Griechen. Als wir über

Hermann Hesse reden, geht es ja noch, aber dann wird das Gespräch zäh, sehr zäh sogar. Ihm fällt das nicht auf, wahrscheinlich will er auch gar nicht reden, sondern sitzt da, mit seinem sanft-dämlichen Lächeln im Gesicht und schaut selbstzufrieden in die Gegend oder mir stumm, aber vielsagend in die Augen. Zwischendurch greift er nach meiner Hand, ich ziehe sie schnell weg, mir ist die Situation sehr unangenehm, und frage ihn, wo er denn heute Nacht schlafen würde. Oh, gut, er sei so froh, daß ich ihn daran erinnere, meint er, er müsse sich noch ein Hotel suchen. Nachtigall, ick hör dir trapsen, nicht mit mir! Bestimmt hofft er, bei mir schlafen zu können. Irrtum, mein Lieber, totaler Irrtum! So ein Schlappmann wie du kommt mir nicht in die Bude, geschweige denn in mein Bett. Das teile ich ihm mit, nicht in dieser schonungslosen Offenheit, aber absolut unmißverständlich. Er nickt verständnisvoll, und ich trinke noch ein Glas Wein.
Nach dem Essen suchen wir kein Hotel für ihn, sondern gehen in eine Kneipe um die Ecke, setzen uns an die Theke, und ich bestelle einen Irish-Coffee. Ich liebe Irish-Coffee! Überrascht stelle ich fest, daß er mir mit jedem Glas sympathischer wird, ich kichere und lache, und nach dem fünften Glas mache ich ihm großzügig den Vorschlag, bei mir zu übernachten. Natürlich nimmt er sofort an, und das Unheil damit seinen Lauf.
Obwohl ich stolze Besitzerin eines Gästezimmers bin, lasse ich ihn in meinem Bett schlafen. Und nicht nur das. Er ist kein schlechter Liebhaber, aber im Grunde kann ich das gar nicht mehr beurteilen, weil der

Irish Coffee mein Urteilsvermögen auf ein Minimum reduziert hat.
Als ich am nächsten Morgen aufwache, hat er bereits frische Brötchen besorgt, Eier und Kaffee gekocht, steht fröhlich pfeifend in meiner Küche, und der Kater streicht schnurrend um seine dürren, schwarz behaarten Beine. Angestrengt überlege ich, wie ich ihn elegant und vor allem schnell aus der Wohnung vertreiben kann. Ich kann beim besten Willen nicht mehr nachvollziehen, wieso ich den Typen mit nach Hause genommen habe. Mir brummt der Kopf, ich fühle mich überhaupt nicht gut und möchte mich am liebsten in mein Bett verkriechen. Das sage ich ihm. Strahlend meint er, das sei eine gute Idee und schaut etwas bedeppert aus der Wäsche, als ich im mitteile, daß ich das allein zu tun gedenke. Nun gut, meint er weiter, er könne ja derweil spazierengehen. Schreck schießt mir durch die Glieder, wie werde ich diesen Kerl wieder los?
»Ich möchte jetzt allein sein«, ich sage es kurz und knapp. »Nicht nur für eine Stunde.«
Gottseidank versteht er jetzt, was ich meine und packt sein Täschchen. Beim Abschied versucht er aber trotzdem, mich zu küssen. Ich habe keine Lust dazu und kann nur den Kopf über meinen Fehltritt schütteln. Ich müßte wirklich weniger trinken, das habe ich mir schon öfter vorgenommen. Der verflixte Alkohol verleitet einen zu Dingen, die man in nüchternem Zustand nicht tun würde. Das steht fest. Er schlurft den Flur entlang, verschwindet winkend um die Ecke, erleichtert höre ich seine Schritte auf der Treppe, schiebe den Nippel der Sicherheitskette

ins Schloß und krieche zurück in mein Bett. Der Kater ist satt und zufrieden und schnurrt mir am frühen Morgen eine Gutenacht-Geschichte ins Ohr, bei der ich allmählich einschlafe.
Doch der Mann gibt nicht auf. »Ich bin gut angekommen«, teilt er mir fünf Stunden später am Telefon mit und fragt, wann wir uns wiedersehen.
»Keine Ahnung«, sage ich vorsichtig. Er ist schließlich Werbetexter in dieser bekannten Agentur, und mit so einem Fachmann möchte ich es mir auf keinen Fall verderben.
»Laß uns doch einfach wieder miteinander telefonieren«, schlage ich vor.
Am Abend ruft Harry an. »Ich bin in München, magst du heute abend mit mir essen?« Mein Herz klopft aufgeregt in den Telefonhörer. »Ja«, antworte ich wahrheitsgemäß und gehe einkaufen. Mit meinen hervorragenden Kochkünsten werde ich ihn verführen, werde ihn ohne Worte davon überzeugen, daß aus seiner Fünfer-Riege genau ich die Richtige für ihn bin.
»Du hast keinen Stolz!« Meine tote Mutter steht vor mir und hebt mahnend den Zeigefinger. Ich ignoriere sie einfach und lade mit fröhlicher Zuversicht Salat und Kartoffeln in meinen Einkaufskorb. Dann kaufe ich noch zwei Filetsteaks und mache mich frohen Mutes an die Vorbereitungen. Erst gibt's Kartoffelcremesuppe mit Lachsstreifen, denn Harry liebt Suppen. Dann gemischten Salat mit italienischem Dressing, denn Harry liebt Salat. Anschließend gratinierte Kartoffeln und Filetsteak mit Sauce Béarnaise, denn ich bin sicher, daß Harry auch das liebt, und

als Nachspeise mache ich Tiramisu, Harry steht auf Süßes.

Das Abendessen wird ein voller Erfolg, Harry ist begeistert von meinen Kochkünsten. Stolz serviere ich die Nachspeise. Er strahlt, ich auch. – Na also, hab ich's doch gewußt.

Er übernachtet wieder bei mir, ist wieder der zärtlichste Liebhaber, den man sich vorstellen kann, dreht sich aber anschließend wieder um und liegt neben mir wie ein Fremder. Meinen Versuch, mich in seine Arme zu zwängen, blockt er sanft, aber effizient ab. Während er leise schnarcht, starre ich in die Dunkelheit und fühle mich total beschissen.

»Wir telefonieren!« Der altvertraute und gleichermaßen verhaßte Abschiedsgruß am nächsten Morgen, und schon flüchtet er durch die Tür.

Ich muß was tun. Ich muß unbedingt irgend etwas tun, damit dieser Mensch endlich und auf Nimmerwiedersehen mein Herz verläßt. Aber was kann ich tun?

»Vergiß ihn einfach!« würde meine pragmatische Mutter gesagt haben. Aber bestimmt war sie in ihrem ganzen Leben nie in einer derartigen Situation. Und gute Ratschläge zu geben ist sowieso das Leichteste der Welt. Das kenne ich bestens von mir. Wann immer eine Freundin ein Problem hat, ich löse es sofort. Das heißt, das Problem wäre gelöst, wenn sie täte, was ich ihr rate. Aber von wegen, alles für die Katz, letztendlich tut sie genau das Gegenteil. Also, was lernt man daraus? Menschen brauchen keine Ratschläge. Jeder tut zur richtigen Zeit das Falsche, auch ich bin da weiß Gott keine Ausnahme.

6. Strafschlag

»Ich wollte nur mal fragen, wie's dir geht«, Wilfried die Schnecke ist am Telefon.
»Mir geht's prima«, lüge ich überzeugend und wette mit mir selber, daß er gleich fragt, wann wir uns wiedersehen. Wette gewonnen.
Da ich meinen großzügigen Tag habe, gestatte ich ihm, mich zu besuchen. Welcher Teufel mich dabei reitet, weiß ich nicht und denke auch besser nicht darüber nach. Denn wenn ich das täte, würde ich ihn sofort wieder ausladen und auffordern, meine Telefonnummer plus Adresse zu vernichten.
Am nächsten Abend bereits steht er wieder grinsend im Türrahmen und schlurft in bekannter Manier durch meine Wohnung. Ich verstehe mich selber nicht.
Dieses Mal gehen wir zum Italiener, und ich stelle erstaunt fest, daß er auch mehr von sich geben kann als einen Satz pro Minute. Er redet zwar langsam, aber vollkommen flüssig und teilt mir innerhalb von einer Viertelstunde mit, daß er ein armer Mann sei. Und das sei wörtlich zu nehmen, weil er vor einem halben Jahr, ohne eigenes Verschulden natürlich, Konkurs gemacht habe. Nahezu jeden Pfennig, den er verdient, müsse er seinen Schuldnern überweisen. Es handele sich um insgesamt lächerliche zweihunderttausend Mark. Zwei bis drei Jährchen nur, und er habe die klamme Zeit hinter sich.
Aha! Ich sage nichts. Die laut schrillenden Alarmglocken überhöre ich bei vollem Bewußtsein.

Zwischendurch schreibe seine Schwester auf ihrem Briefpapier Rechnungen für von ihm erbrachte Leistungen, damit er wenigstens ein paar Mark für sich behalten könne, informiert er mich weiter.
Kein Mensch weiß, warum ich meinem spontanen Impuls, ihn höflich zu bitten, nach Hause zu fahren und mich für alle Zeiten aus seinem Gedächtnis zu streichen, nicht nachgebe. Aber nicht genug damit, ich bezahle auch noch ganz freiwillig seine Zeche. Und anschließend darf er mit in meine Wohnung und zu allem Überfluß auch noch in mein Bett.
Ich muß von allen guten Geistern verlassen sein. Das tue ich alles nur, um Harry zu vergessen? Meine Mutter dreht sich im Grab um, darüber besteht keinerlei Zweifel.
Um wenigstens einigermaßen vor mir selber gerade stehen zu können und ein Argument für mein Tun zu haben, übergebe ich Wilfried den vermaledeiten Text, an dem ich bereits seit einer Woche erfolglos herumdichte. Schließlich ist er Texter, und ich nicht.
Wilfried freut sich und sagt: »Das ist ein Klacks!«
Als ich ihn frage, wieviel Honorar er dafür haben möchte, sagt er weiter: »Och, nicht viel, dir berechne ich natürlich ein Freundschaftshonorar.«
Das wiederum finde ich nett.
»Wieviel denn?«
»Viertausend Mark nur.«
Echt preiswert! Ich werfe ihn immer noch nicht raus, ich brauche dringend den Text. Und ich bin so bescheuert, daß ich ohne die kleinste Verhandlung das Honorar akzeptiere.
Er ist wieder im Schwabenländle und faxt mir dieses

Mal statt seiner üblichen Elogen den Text, auf den ich und der Kunde schon sehnlichst warten. Während meine Augen über das Fax fliegen, wird mir abwechselnd heiß und kalt, so was Furchtbares habe ich schon lange nicht mehr gelesen. Ich lese den Text einmal, zweimal. Dadurch gewinnt er aber auch nicht, und mich befällt eine dumpfe Ahnung.
Am Abend besuche ich mit dem Text in der Hand meinen Exmann. Wir sind nach wie vor bestens miteinander befreundet, er ist ein hervorragender Journalist und beherrscht das Schreiben aus dem Effeff. Ihm lege ich die Faxseiten vor die Nase.
»Lies, und sag mir dann, was du davon hältst.« Mehr sage ich nicht, vermeide ganz bewußt jegliche suggestive Einflußnahme.
Er hat gerade mal eine knappe Seite überflogen, als er sie mit einer unwilligen Bewegung auf den Tisch schmeißt: »Welcher Dilettant hat denn diesen Schwachsinn verbrochen, du etwa?«
Jeder Zweifel ist jetzt endgültig beseitigt, der Text ist für den Papierkorb. Als ich Wilfried das Urteil über seinen Text mitteile, verteidigt er sich vehement und erklärt mir, warum sein Text ganz hervorragend sei.
»Nein«, sage ich kategorisch, »den Text kann und will ich dem Kunden nicht vorlegen. Der taugt einfach nichts.«
Erst ist er beleidigt, dann windet er sich und bemüht sich, mich davon zu überzeugen, daß ich mich irre. Er hat recht, ich irre mich, aber keinesfalls in Bezug auf seinen Text.
Eine Woche später faxt er mir einen neuen Text. Um einiges besser als der erste, zwar immer noch

nicht besonders, aber wenigstens zu verwenden. Zumindest der Kunde ist damit zufrieden, Wilfried schreibt mir eine Rechnung über viertausend Mark plus Mehrwertsteuer, und ich trage mich mit dem Gedanken, wieder mal eine Woche Urlaub zu machen.

Als Wilfried anruft, erzähle ich ihm das beiläufig, und er fragt mich, ob ich mir denn vorstellen könne, mit ihm zusammen Urlaub zu machen. Da könnten wir uns so richtig gut kennenlernen.

Meine innere Stimme weicht entsetzt zurück und ruft gellend nein, ich dagegen sage ja. Ich bin wirklich von allen guten Geistern verlassen.

Es ist bereits Mitte November, als ich in seinem längst aus dem Schwacke gestrichenen BMW sitze und mit ihm nach Österreich fahre. Denn irgendwo in Kärnten gibt es ein Hotel, dessen Besitzer Wilfrieds Schwester noch einen Gefallen schuldet, und dort werden wir eine Woche kostenlos verbringen. Das ist er mir schuldig, meint Wilfried. Wo er recht hat, hat er recht. Und für Urlaub, den er bezahlen müßte, fehlen ihm sowieso die Mäuse.

Das Hotel liegt ziemlich hoch in den Bergen. Schöne Landschaft, ruhiges Zimmer, Ausflüge in die Umgebung und nach Wien, und jeden Abend vor dem Schlafengehen ein halber Liter Wein, ich trinke mir Wilfried schön. Mit der Zeit entpuppt er sich wenigstens als potenter Liebhaber, und ich schließe beide Augen, nicht nur auf der Matratze. Mit seiner konsequenten Bewunderung und Verehrung lullt er mich ein, stellt mich auf ein Podest, ich winke generös herunter, und er wird mir zusehends sympathischer.

Ein Mann, der mich derart prima findet, der hat doch was.
Eines Abends in der Dorfkneipe, in der wir täglich unser Abendessen einnehmen, fragt er, ob ich mir vorstellen könne, mit ihm verheiratet zu sein. Allerspätestens jetzt steht ohne jeden Zweifel fest, daß ich mich in einem bedenklichen Zustand geistiger Umnachtung befinde, denn ich sage doch tatsächlich schon wieder ja. Meine tote Mutter stößt einen markerschütternden Entsetzensschrei aus.
Wilfried ist überglücklich und ruft sogleich seine Schwester an, um ihr die freudige Nachricht mitzuteilen. Sie habe äußerst skeptisch reagiert, sagt er leicht gedämpft, als er vom Telefon zurückkommt. Sie habe sich überhaupt nicht gefreut über sein Glück. »Komisch«, meint er und zuckt mit den Achseln, »sie gönnen einem einfach nicht, daß man glücklich ist«.
Als ich wieder zu Hause bin und meine Freunde von meinen Heiratsplänen unterrichte, reagieren sie ähnlich wie seine Schwester. Zwar sagt keiner was konkretes, aber ich spüre ganz genau, was sie denken. ›Du hast ja'n Rad ab‹, denken sie.
Wilfried packt im Schwabenländle seine Koffer und zieht von der Wohnung seiner Schwester in meine. Er arbeitet als freier Texter für die bekannte Agentur und zwischendurch auch für mich. Die Ergebnisse hauen mich nicht vom Stuhl, aber ich kann sie teilweise verwenden. Ansonsten verbringen wir viel Zeit vor dem Fernseher, weil ich anfange, mich mächtig zu langweilen. Mit dem Mann ein flüssiges Gespräch zu führen, so eines, wo ein Satz den ande-

ren ergibt, wo man frank und frei einfach drauf los redet und sich wundert, wie man plötzlich vom hundertsten ins tausendste kommt und wo in Nullkommanichts ein, zwei Stunden verplaudert sind, so was ist mit Wilfried einfach nicht möglich.
Ich will wissen, warum er so wenig von sich gibt. Die Frage ist offensichtlich sehr schwer zu beantworten, weil er sehr lange darüber nachdenken muß. Schließlich tut er kund, daß es halt solche und solche gibt. Solche, die viel reden und solche, die wenig reden. Ach! Von allein wär ich da niemals drauf gekommen.
Ergänzend meint er, wenig zu reden sei schließlich kein Charakterfehler. Im Gegenteil, möglicherweise stecke mehr Tiefgang dahinter als bei den Menschen, die ununterbrochen den Mund aufhaben, wie meine Freundin Viktoria beispielsweise. Ich muß zugeben, Viktoria redet tatsächlich unglaublich viel. Also schauen wir halt fern.
Wenn wir mit meinen Freunden zusammen sind, gibt er noch weniger von sich. Er hockt mitten in der Runde, hört aufmerksam zu, lächelt freundlich, trinkt genüßlich guten Wein, den er nicht bezahlen muß, und schweigt.
»Er ist ein Langweiler«, sagt Viktoria, »wie hältst du es nur aus mit so einem Menschen?«
»Es ist doch nicht notwendig, dauernd zu reden«, verteidige ich eher mich als ihn.
»Stimmt, aber dein zukünftiger Gatte redet ja nicht wenig, sondern so gut wie nichts! Guten Tag und Aufwiedersehen, mehr hör ich nicht von ihm. Sag mal ganz ehrlich, was findest du an dem drögen

Typen? Ich glaub dir einfach nicht, daß du in ihn verliebt bist. Und ausgerechnet den willst du heiraten. Du tickst doch nicht mehr ganz richtig!«
Viktoria ist die einzige, die sich traut, klar und unmißverständlich auszudrücken, was sie denkt, und das tut sie, als wir mit Freunden beim Fleisch-Fondue sitzen. Während die anderen ihre mit Rinderfilet bestückten Spießchen in die brodelnde Flüssigkeit tauchen, steckt Viktoria gedankenverloren ihren Zeigefinger in die Paprikasoße, leckt ihn ab und murmelt schließlich deutlich besorgt in mein Ohr:
»An deiner Stelle würde ich mir das mit der Heirat nochmal überlegen. Das machst du doch eh nur, um Harry eins auszuwischen! Also, ich vermute ja, daß du nur darauf wartest, daß er dir einen Heiratsantrag macht, sobald er von deinen Plänen erfährt.«
Eine derart niederträchtige Strategie weise ich entrüstet von mir, stelle aber anschließend erstaunt fest, daß ihre Behauptung mir nicht aus dem Kopf geht. Was ist, wenn sie recht hat?
Von diesem Zeitpunkt an beobachte ich Wilfried seit längerer Zeit mal wieder sehr bewußt. Wenn er mir am Eßtisch gegenüber sitzt, zum Beispiel, wortkarg und mit diesem leicht dämlichen Grinsen in seinem Pferdegesicht. Beobachte ihn und seine lahmen Bewegungen, während er irgendeine Tätigkeit verrichtet, seine brillianten Textergüsse mit zwei Fingern lahmarschig in die Computertastatur tickert, Geschirr wäscht, Zwiebeln schneidet oder einfach nur von einem Zimmer zum anderen latscht. Er macht grundsätzlich alles langsam, superzeitlupenmäßig, und er geht mir auf die Nerven. Ich kenne

mich gut genug, wenn mir das alles schon jetzt so auf den Wecker geht, kann es nur noch schlimmer werden, und wird in absehbarer Zeit eskalieren. Huntertprozentig!
Er ist langweilig, hat kein Geld, seine Texte sind unterer Durchschnitt, am besten taugt er noch zum Liebhaber. Aber das allein ist ja nun wirklich kein Grund, den Mann zu ertragen, denn erstens habe ich zwei gesunde Hände und zweitens das Geschenk von Viktoria.
Sie überreichte es mir anläßlich unseres mittlerweile schon traditionellen Weihnachtsessens. Wir zwei treffen uns jedes Jahr ein paar Tage vor Heiligabend in einem der besseren Lokale, schlemmen, schwatzen, lachen und verbringen immer einen rundum prächtigen Abend. Und wir beschenken uns gegenseitig. Jede legt ihr Geschenk ohne große Worte auf den Teller der anderen, und zum Aperitif wird ausgepackt.
Letztes Jahr lag auf meinem Teller ein längliches Päckchen. Als ich an der Schleife nestelte, meinte sie mit schelmischem Grinsen:
»Also, ich an deiner Stelle würde es hier nicht auspacken. Oder höchstens ganz vorsichtig hineinschauen.« Sie kicherte spitzbübisch, und ich grübelte nur ganz kurz.
»Das ist doch nicht etwa ... .«
»Doch!« Sie prustete einfältig vor sich hin.
»Ich hab dir doch gesagt, daß ich so was nicht brauche!«
»Ich weiß, ich weiß, und ich hab dir gesagt, daß du keine Ahnung hast, was dir entgeht!« wieherte sie.

Ganz augenscheinlich amüsierte sie sich köstlich und weidete sich an meiner Verlegenheit, während die anderen Gäste sich mittlerweile pikiert in unsere Richtung drehten.
Zugegeben, sie hatte tatsächlich schon öfter versucht, mich davon zu überzeugen, daß der Kunstschwanz, wie sie ihn emotionslos nennt, in die Nachttischschublade jeder Frau gehört, und fegte meine Entgegnungen jedesmal mit einer lässigen Handbewegung weg.
»Probier das Teil doch erst mal aus, dann reden wir weiter«, meinte sie jedes Mal lakonisch.
Und ich hatte darauf immer geantwortet, daß ich erstens so ein Ding auf keinen Fall jemals brauchen und mich zweitens niemals in meinem ganzen Leben in die peinliche Situation bringen würde, in einem Sexshop nach einem Vibrator zu fragen.
So, die peinliche Situation hatte sie mir erspart. Ich saß da, und der ›trusty old friend‹ ruhte auf meinem Teller. Dezent verpackt in schwarzem Geschenkpapier und umschlungen von einem breiten Brokatband.
Natürlich packte ich ihn im Lokal nicht aus, sondern steckte ihn ohne Aufhebens in meine Handtasche. Auspacken tat ich ihn erst ein paar Stunden später zu Hause, und zum Vorschein kam ein ganz unscheinbares Ding. Es sah aus wie eine in der Sonne ausgebleichte, kleine Salatgurke, blaß und vollkommen nichtssagend. Den von Viktoria beschriebenen Lustgewinn traute ich diesem unattraktiven Ding wirklich nicht zu, und ich verstaute es erstmal zwischen meiner Wäsche in der Kommode, damit es

meiner Zugehfrau nicht in die Hände fallen konnte. Das wäre mir wieder sehr peinlich gewesen, aber ungeprüft wegwerfen wollte ich es auch nicht, dazu war ich doch zu neugierig.

Als ich es an einem langweiligen Sonntag vormittag ein paar Wochen später testete, mußte ich Viktoria Abbitte leisten. Das, was sie in rosigsten Farben geschildert hatte, war nicht übertrieben. Die farblose Gurke ist der personifizierte Lustgewinn. Allerdings sollte man das tunlichst für sich behalten, beziehungsweise nicht unbedingt einem Mann erzählen, weil dann seine letzte Bastion auch noch in sich zusammenbröselt.

Einer von Viktorias Liebhabern, ein spanischer Macho, schien diese Gefahr zu wittern, als er auf der Suche nach einem Kondom in ihrem Nachttisch herumkramte und dabei seinen harmlosen Nebenbuhler entdeckte. Aufgebracht riß er ihn heraus, schleuderte ihn auf den Fußboden und trampelte ihn eifersüchtig zu Tode.

Viktoria trauerte gerade mal zwei Monate, als sie Geschenke suchend in der Adventszeit durch die Fußgängerzone schlenderte, vor dem Schaufenster des Sexladens stand und spontan beschloß, sich Ersatz für den gemeuchelten Freund zu besorgen und mir ein ganz besonderes Geschenk zu machen.

Das ist ihr uneingeschränkt gelungen, und unter diesem Aspekt gibt es nun wahrhaftig keinen Grund mehr, Wilfried die Schnecke weiterhin in meinem Leben herumschleimen zu lassen. Der diffuse Nebel, der mich seit Wochen umgibt, lichtet sich allmäh-

lich. Ich kann nur den Kopf schütteln über mich und mir gnädig vergeben. Aber was tun jetzt? Erst mal ganz langsam, nichts überstürzen.
Der nächste Text, den er mir übergibt, ist mal wieder überhaupt nicht zu gebrauchen. Wilfried ist stocksauer, als ich ihm das schonungslos und mit einer gewissen Genugtuung mitteile. Wir sitzen beim Abendessen in meiner Wohnung, und er wird allmählich wütend. Dieser sonst so lahmarschige Mensch kriegt plötzlich einen enormen Energieschub, offensichtlich sieht er seine Felle davonschwimmen. Er beschimpft mich, und fragt, was ich denn glaube, wer er sei. Ich sage es ihm. Er ist außer sich und haut mir eine runter. Daraufhin fordere ich ihn auf, seine Sachen zu packen und meine Wohnung zu verlassen. Er tut es ohne Widerspruch.
Zwei Tage später kriege ich Post von ihm, keinen Liebesbrief, sondern eine Rechnung in der Gesamthöhe von elftausend Mark, zuzüglich Mehrwertsteuer. Alles Honorare für Papierkorbtexte, die entweder ich selber schreiben mußte oder ein Kollege.
Wutentbrannt rufe ich ihn an und frage, ob er noch alle Tassen im Schrank hat. Er ist überzeugt davon und beharrt auf Zahlung. Ich lege auf, rufe erst meinen Anwalt und dann Viktoria an. Sie gratuliert mir. Die nächsten zwei Monate verbringe ich viel Zeit beim Anwalt. Wilfried die Schnecke hat seine Forderungen an seine Schwester abgetreten. Die verklagt mich jetzt auf Zahlung, Wilfried ist Zeuge.
Im wahrsten Sinn des Wortes ereilt mich jetzt die besagte Nemesis, denn hätte ich mich beim ersten Schrillen der Alarmglocken auf dem Absatz herum-

gedreht und wäre schnell weggerannt, hätte ich mir einiges erspart. Aber nein, ich mußte ja unbedingt meine innere Stimme ignorieren. Auf alle Fälle ist mein hirnrissiger Versuch, Harry durch einen anderen Herrn zu ersetzen, innerhalb kürzester Zeit jetzt schon zum zweiten Mal gründlich daneben gegangen.

Da ich eine kluge Frau bin, beschließe ich, einige Zeit ohne Mann zu leben. Das muß doch verdammtnochmal gehen, denke ich mir, und es geht bereits drei Wochen ganz prima, als Carsten anruft.

7. Hindernis

Ich lernte ihn vor vier Jahren in meiner Stammkneipe in Neuhausen kennen. Sie war total überfüllt, wie immer am Freitag abend. Ich stand an der Theke und unterhielt mich mit Rudi, einem ehemaligen Kollegen, als mir ein Typ auffiel, der mich unentwegt durch seine Hornbrille fixierte. Er war ziemlich groß, schlank, dunkelhaarig und unterhielt sich zwar mit jemandem, schaute mich aber dauernd an. Nach ungefähr zehn Minuten bahnte er sich zielstrebig einen Weg durch die Menge, baute sich vor Rudi und mir auf und sagte:

»Entschuldigen Sie die Störung, aber ich werde es ganz kurz machen. Ich heiße Carsten Berger und möchte Sie morgen Abend zum Essen einladen.«

Rudi grinste gespannt, ich war vollkommen verdutzt, und Herr Berger sprach weiter:

»Verraten Sie mir ganz einfach wie Sie heißen, ich werde Sie dann morgen anrufen.«

Verblüfft tat ich das, er trollte sich zufrieden von dannen und rief am nächsten Tag tatsächlich an. Um acht Uhr wolle er mich abholen. Das Lokal habe er bereits ausgesucht.

So viel Selbstsicherheit sucht ihresgleichen, das mußte man ihm lassen.

Am Abend, in dem kleinen französischen Restaurant, schaute ich ihn mir genauer an. Er sah gut aus, obwohl mir Blonde besser gefallen. Seine Kleidung war ausgesprochen konservativ und seriös. Seidenschal, blauweiß gestreiftes Baumwollhemd, kleinka-

riertes Jacket, Flanellhose. Er sah aus wie ein englischer Lord. Aus irgendeinem Grund mag ich solche Männer. Wahrscheinlich, weil sie durch ihren klassischen Auftritt so eine gewisse Solidität ausstrahlen. Selbstsicherheit, gepaart mit Solidität, welche Frau wünscht sich das nicht?
Der Kellner servierte die Vorspeise. Mein Gegenüber hatte sie bestellt, ohne lange zu fragen, ob mir das recht sei. Ein halbes Dutzend Austern. Vor Jahren habe ich mal widerwillig eine probiert und beschlossen, für den Rest meines Lebens darauf zu verzichten. Auch wenn noch so viele Leute behaupten, dieses glibbrige und geschmacksneutrale Meeresgetier sei der kulinarische Hochgenuß schlechthin. Ich unterstelle allerdings, sie nehmen diese ekligen Dinger nur aus einem Grund zu sich, und zwar, weil ihnen der Ruf eines hochwirksamen Aphrodisiakums vorauseilt. Man muß halt dran glauben. So, wie meine Freundin Astrid, die seit jenem denkwürdigen Abendessen mit Alfons, seines Zeichens eingefleischter Austernfan, Stein und Bein schwört, es gäbe nichts, was einen Mann schneller auf Touren bringt als diese Viecher, vor allem im Zusammenhang mit Champagner. Alfons hatte gerade mal fünf Stück verzehrt und zwei Gläschen Schampus dazu getrunken, als er plötzlich unruhig wurde und ihn nichts mehr auf seinem Stuhl hielt. Er nahm Astrid bei der Hand, zog sie durch das Lokal auf den hinteren, unbeleuchteten Teil des Parkplatzes, lehnte sie an ein Auto und bumste sie im Stehen. Jawoll. Diese Geschichte erzählt sie immer wieder, sobald das Thema auf Austern kommt. Astrid hatte aber immer

schon eine rege Phantasie, ich dagegen stehe mit beiden Beinen voll in der Realität und kann über so einen Unsinn nur den Kopf schütteln.
»Die können Sie selber essen«, meinte ich lakonisch und schob sie zu ihm rüber.
»Sie mögen keine Austern?«
»Richtig getippt.«
»Sie wissen nicht, was gut ist!«
»Hauptsache, Sie wissen es!« Leichter Ärger stieg in mir auf.
»Haben Sie denn überhaupt schon mal welche gegessen?«
»Sonst wüßte ich wohl kaum, daß sie mir nicht schmecken!«
»So natürlich ist das nicht.« Sein erhobener Zeigefinger fuchtelte dozierend vor meiner Nase herum. »Eine Meinung über etwas zu haben, was sie gar nicht kennen, ist typisch für Frauen.«
»Ach, tatsächlich?!«
Es war Samstag abend und statt daß ich in bequemen Klamotten gemütlich auf meinem Sofa herumfläzte und mir den Film mit Paul Newmann reinzog, auf den ich mich tagelang gefreut hatte, saß ich herausgeputzt in dem feinen Lokal, sollte Austern essen und mir die unmaßgebliche Meinung von diesem Schlauberger anhören. Mein Ärger nahm rasant zu.
»Hören Sie erstens auf, mit dem Finger vor meiner Nase herumzuwedeln und zweitens, mich mit Ihrer Macho-Meinung über Frauen zu langweilen.«
»Sie finden also, daß ich ein Macho bin?«
»Ja.« Ich ließ keinen Zweifel an meiner Meinung.

»Ich nehme mal an, daß Sie nur eine oberflächliche Ahnung darüber haben, was ein Macho überhaupt ist.«
»Und ich nehme mal an, daß Sie Jurist sind«, konterte ich. »Alle Juristen, die ich kenne, sind penetrante Besserwisser. Ausnahmslos!«
Er stutzte einen kurzen Moment, seine braunen Augen peilten mich durch die Brillengläser an, und dann sagte er lediglich:
»Sie haben recht, ich bin tatsächlich Jurist, Anwalt genauer gesagt.« Er machte einige Sekunden Pause und meinte dann weiter:
»Aber das wußte ich ja.«
»Was wußten Sie bereits?«
»Daß Sie ein kluges Mädchen sind.«
Raffiniert, ganz schön raffiniert. Er hatte die beiderseitige Provokation einfach beendet.
»Kluger Junge!« raunzte ich.
»Stimmt!« Er grinste frech.
Danach sagte er nichts mehr, ich auch nicht. Mir ging alles auf den Keks, und am liebsten wäre ich gegangen. Das schien er gespürt zu haben, denn plötzlich meinte er:
»Und soll ich Ihnen noch was sagen?«
»Nur zu, ich werde es eh nicht verhindern können!«
»Ich werde Sie heiraten!«
Er war wirklich putzig! Ich lachte herzhaft und forderte ihn auf, mich nach Hause zu fahren. Das tat er zwar, rief aber am nächsten Tag an, um mich zu fragen, was er falsch gemacht habe.
»Sie sind ein eingebildeteter, rechthaberischer Fatzke, und solche Typen kann ich nicht leiden.« Zack,

das tat gut. Ihn verschreckte das aber nicht, im Gegenteil, es stachelte ihn an.
»Geben Sie mir noch eine Chance!« flehte er. Ich ließ mich erweichen, gab sie ihm, und das Techtelmechtel nahm seinen Lauf.
Es stellte sich bald heraus, daß er auffallend gebildet, intelligent und ein hervorragender Gesprächspartner war, über einen messerscharfen Verstand und eine seltene Logik verfügte. Mit ihm zu diskutieren war eine einzige Herausforderung. Das fand ich außerorentlich anziehend, weil ich intellektuelles Geplänkel liebe.
Nach dem zweiten Abend trafen wir uns nahezu täglich. Jedesmal, wenn er mich abholte, stand er mit einem Blumenstrauß vor der Tür, küßte mir die Hand und eilte dann um sein Auto herum, um mir die Tür aufzuhalten. So etwas hatte ich ja noch nie erlebt, ich war fasziniert.

Er schleppte mich zu Ausstellungen und Konzerten, war charmant, aufmerksam und liebevoll. Was mich allerdings etwas wunderte, war, daß er nie versuchte, mit mir ins Bett zu gehen. Nein, über das Küßchen auf die Wange ging er nicht hinaus. So ein zurückhaltender Mann war mir mein Lebtag noch nicht begegnet, ich wußte nicht so recht, was ich davon halten sollte. Vielleicht war er ja schwul. Als ich ihn das fragte, gab er mir eine schlichte Anwort, einfach und überzeugend.
Ein billiger Flirt käme für ihn nicht in Frage, und One-night-stands seien schnöde Selbstbefriedigungsversuche spätpubertärer Jünglinge, diese Zei-

ten habe er längst hinter sich. Er sei auf der Suche nach einer Frau zum Heiraten, und das sei ein ernsthaftes Unterfangen. Eine Ehe sei für den Rest des gemeinsamen Lebens konzipiert und nicht als Wegwerfprodukt, sobald einem irgend etwas nicht in den Kram passe. Und Sex sei zwar nicht unwichtig, aber erst müßten die anderen Sachen stimmen. Gemeinsame Werte, Philosophien, Hobbies, Lebensanschauungen, Beruf, und allem voran ginge es um die Liebe. Und die würde man keinesfalls in einer heißen Liebesnacht entdecken, da ginge es nur um schnöde Geilheit. Er ziehe den umgekehrten Weg vor, erst Liebe, dann Sex.

Ich war geplättet! So eine Meinung hatte ich von einem Mann noch nicht gehört. Ich war beeindruckt. Viktoria auch. Ich hatte ihr natürlich von Carsten erzählt, und schließlich lernte sie ihn dann anläßlich eines Abendessens auch persönlich kennen.

»So ein Prachtexemplar von Mann läuft dir so schnell nicht mehr über den Weg. Wenn du ihn nicht haben willst, dann übernehm ich ihn!«

Ja, das glaubte ich ihr auf's Wort. Viktoria hat nämlich nicht unbedingt Glück mit den Männern. Ich zwar auch nicht, aber bei ihr ist das natürlich was ganz anderes. Sie sucht sich nämlich andauernd Ehemänner oder sonstwie gebundene Typen aus. Das Ganze macht sie so konsequent, daß jeder Psychologe sich in vorfreudiger Erwartung die Hände reiben würde, weil die therapeutische Behandlung derartiger Marotten sich langwierig gestaltet. Aber Viktoria geht natürlich nicht zum Therapeuten, sondern lieber in ihre Stammkneipe, eine Cocktailbar in der

Innenstadt, wo der nächste verheiratete Typ garantiert irgendwo am Tresen hockt und nur auf sie wartet.
Anfangs ist es jedesmal die übergroße Liebe, aber die Affären dauern immer nur ein paar Monate, wenn überhaupt. Das liegt ganz einfach daran, daß jeder ihrer Lover nach kurzer Zeit entnervt das Weite sucht, weil sie permanent nörgelt. Sie nörgelt, wenn er nach getanem Sex flink in die Klamotten huscht, weil schließlich die Gattin zu Hause wartet, sie nörgelt, weil er das im Rausch der Sinne gegebene Scheidungsversprechen nicht hält, und sie nörgelt, weil er natürlich seinen Urlaub nicht mit ihr, sondern mit seiner Frau verbringt. Kein Mann hält das auf Dauer aus, obwohl Viktoria ganz eindeutige Qualitäten aufzuweisen hat. Sie sieht wirklich sehr gut aus, hat eine prima Figur, kann excellent kochen, und im Bett scheint sie auch gut zu sein.
Ich selber kann das zwar nicht beurteilen, aber ihren Erzählungen nach würde sie als Kurtisane erheblich mehr Geld verdienen als mit ihrem Job. Sie übersetzt amerikanische Trivialliteratur ins Deutsche. Das ist harte Knochenarbeit für wenig Geld. Streng genommen verdient sie weniger in der Stunde als meine Zugehfrau. Wir hatten auch schon öfter ernsthafte Diskussionen darüber, ob es nicht besser wäre, ihren Job an den Nagel zu hängen, um stattdessen als Edelnutte in drei Nächten das zu verdienen, wozu sie mit ihrer Übersetzerei mindestens einen Monat braucht. Aber letztendlich kommen wir immer wieder zu dem Schluß, daß dieser Job doch nicht in Frage kommt. Zu gefährlich einerseits, wegen Aids

und unberechenbaren Freiern. Zu würdelos andererseits, denn wenn schon ins Bett, dann mit jemandem, den man liebt. Daß das alles Augenwischerei ist, da sind wir natürlich auch drauf gekommen, aber solche Diskussionen verlieren sich dann so ins Uferlose, daß man sich besser nicht den Kopf zerbricht, wo Prostitution anfängt und wo sie aufhört. Man denke dabei nur an die wunderschönen, schlanken, jungen Gattinnen häßlicher, dickleibiger, alter Millionäre. Nun gut ...

Viktoria schaut also letztendlich immer in die Röhre und meinte daher, daß Carsten genau der Richtige für mich sei. Seriös, attraktiv, gebildet, aufmerksam, charmant, intelligent, mit gutem Einkommen, und vor allem ungebunden. Letzteres war aus ihrer Perspektive verständlicherweise das Argument schlechthin. Carsten sei rundum der Mann, den sich jede Mutter als Schwiegersohn wünscht. Ich mußte ihr recht geben.

Wir kannten uns auf den Tag genau drei Monate, als er mich zu einem verlängerten Wochenende nach Italien einlud. Wir saßen an seinem Eßtisch, genossen gerade die vom Italiener um die Ecke ins Haus gelieferten kalten Vorspeisen und prosteten uns mit Prosecco zu, als er meinte:

»Ich kenne da einen kleinen See in Italien, ganz abgelegen vom Touristentrubel. Hast du Lust, da ein paar Tage mit mir zu verbringen?«

»Gute Idee«, meinte ich.

Ein paar Tage später saßen wir direkt am Lago d' Orta, einem kleinen, verschlafenen, See in der Nähe des Lago Maggiore, tranken Rotwein, aßen Parma-

Schinken mit Weißbrot, und ich erwartete gespannt die erste Liebesnacht mit ihm. Denn bis auf einige leidenschaftliche Küsse im Auto oder auf dem Sofa war bisher noch nichts Erwähnenswertes vorgefallen. Er war einfach der perfekte Gentleman. Nun aber war die Zeit der höflichen Zurückhaltung vorbei, fand ich. Nach dem Abendessen lagen wir auf der großen Terasse unseres Hotelzimmers mit Blick auf den See und küßten uns. Der Lago glitzerte im Mondlicht, als ich sein Hemd aufknöpfte und behutsam den Reißverschluß seiner Flanellhose nach unten zog.
Schlapp und in sich gekehrt lag sein kleiner Freund in der karierten Unterhose und schlief den Schlaf des Gerechten. Ich schrieb das der langen Fahrt zu und machte mir weiter keine Gedanken, zudem war ich auch müde.
Leider kriegte er am nächsten Morgen auch keinen hoch, und auch in der folgenden Nacht nicht. Ich konnte machen, was ich wollte, selbst die raffiniertesten Verführungskünste verpufften.
Um die Geschichte abzukürzen: Carsten kriegte überhaupt keinen hoch, weil er impotent war, und das schon seit Jahren. Er studierte damals noch und lebte im Hause seiner Eltern, genauer gesagt bei seiner Mutter, weil sein Vater bei einem Verkehrsunfall ums Leben gekommen war. Da sie nicht wußte, wohin mit all ihrer Liebe, konzentrierte sich seine Mama auf ihr einziges Kind und umklammerte es wie eine Krake. Sie wusch und bügelte seine Wäsche, putzte seine Schuhe, kochte ihm das Essen, und überhaupt war sie dauernd präsent, auch wenn kei-

ner damit rechnete. So auch, als er gerade dabei war, eine Kommilitonin zu besteigen. Er hatte seine Tür nicht abgeschlossen, weil er glaubte, die Mutter spiele Bridge bei Freundinnen. Bridge war aber wegen Krankheit ausgefallen, und sie trug arglos den obligatorischen Vieruhrtee mit einem Stück selbstgebackenem Sandkuchen in sein Zimmer, wo sie ihren Sohn Gesetzbücher studierend am Schreibtisch wähnte. Sein Hintern befand sich aber nicht auf dem hölzernen Drehstuhl, sondern schwebte über dem Bett auf und ab. Die Mutter stieß einen spitzen Schrei aus, ließ vor Entsetzen ihr Tablett fallen und Carsten seinen Schwanz. Seitdem kriegte er ihn nicht mehr richtig hoch. Im Laufe der Zeit hatte er natürlich einige Male versucht, sein bestes Stück auf Vordermann zu bringen, aber letztendlich immer erfolglos. In manchen Situationen entwickelte sich anfangs zwar eine vielversprechende Erektion, sobald aber der Vollzug drohte, zog sein Glied sich im wahrsten Sinn des Wortes zurück und war zu nichts mehr zu gebrauchen. Der Therapeut, den Carsten schließlich konsultierte, wußte nach zwei Jahren Gesprächstherapie auch nicht mehr weiter, war aber trotzdem zuversichtlich, daß diese kleine Schwäche eines Tages von alleine verschwinden würde. Es müsse nur die richtige Frau auftauchen oder die Mutter sterben, die war aber erst siebenundsechzig und mächtig fit.

Tja, so war das. Zerknirscht erzählte Carsten von seiner Misere und versicherte mir zugleich seine Liebe und die Zuversicht, daß ich diese besagte Richtige sei. Er spüre das, und seine Impotenz sei lediglich eine Sache der Zeit, wir müßten nur Geduld haben. Diese Geduld konnte ich nicht aufbringen, und ehrlich gesagt, wollte ich das auch nicht. Ich glaubte nämlich nicht, daß alles nur eine Sache der Zeit sei, und ganz plötzlich wurde mir klar, warum dieser Mann so brilliant im Kopf war. Der Ausgleich war einfach perfekt. Wenn unten schon nichts funktionierte, dann wenigstens oben. Mir schwante eine psychologische Lebensaufgabe. Nein, danke, das wollte ich mir nicht antun.

Wir blieben trotzdem gute Freunde und treffen uns ungefähr zwei-, dreimal im Jahr zum Abendessen.

8. Rough

»Hast du was dagegen, wenn wir vor dem Essen eine Vernissage besuchen?« fragt Carsten am Telefon. Ich habe nichts dagegen.

»Bei dieser Vernissage muß man einfach dabei sein! Gerhard Oppermann, so heißt der Künstler«, informiert mich Carsten, während er in sein Auto in Richtung Innenstadt steuert. »Der Typ kann zwar überhaupt nicht malen, aber seine Bilder gehen weg wie die warmen Semmeln, und er verdient sich dumm und dämlich mit seiner Stümperei!« Empört gestikuliert er mit der rechten Hand.

In der Galerie haben sich bereits jede Menge kunstbeflissener Dummschwätzer eingefunden. Sie rauchen Zigaretten oder Zigarillos, gießen sich Sekt hinter die Binde und stehen vor den Bildern herum, um fachmännisch das Gepinsel von Oppermann zu begutachten. Unter dreitausend Märkern gibt der Typ nichts her, und an fünf seiner dilettantischen Klecksereien hängt schon ein rotes Pünktchen, irgendwelche Trottel haben bereits zugeschlagen. Ich fasse es nicht. »Laß uns endlich gehen«, ich zupfe Carsten am Ärmel, aber er führt gerade ein angeregtes Expertengespräch mit einem Kritiker von der Tageszeitung, und so kippe ich mir noch ein Glas von dem mittelmäßigen Sekt rein, als es von rechts hinten tönt:

»Ja, wen haben wir denn da?«

An die Stimme erinnere ich mich bestens und drehe mich vorsichtig um. Vor mir steht Harry, grinst, sieht

prima aus und drückt mir ein unverfängliches Küßchen auf die Wange.
»Wir haben uns ja schon lange nicht mehr gesehen!« meint er.
Dem Mann fällt auch alles auf! Schlappe drei Monate ist es her, seit er morgens um acht Uhr höflich grüßend meine Wohnung verlassen hat.
»Wie geht es dir?« fragt er.
»Gut.«
»Fein! Mir geht's auch gut. Ich war gerade in den USA. Habe dort ein paar Wochen Urlaub gemacht.«
Mit einem übermütigen Schlenker seines Sektglases prostet er mir zu, und ich brauche jetzt nicht mehr zu überlegen, warum ich so lange nichts mehr von ihm gehört habe, sondern denke stattdessen darüber nach, mit welcher Dame aus der Fünfer-Riege er wohl seinen Urlaub verbracht hat. Mit knapper Not schlucke ich die Frage runter.
Dann zaudert er nicht lange herum und zieht mich sanft aus der Galerie. Es regnet immer noch, er winkt einem Taxi, wir sitzen auf dem Rücksitz, Oberschenkel an Oberschenkel. Sein Rasierwasser schwebt in kleinen Wölkchen durch meine Nasenflügel, mein Herz rast, und meine guten Vorsätze sind wie vom Winde verweht. Mir wird mit einem Mal klar, daß dieser Harry sich bei mir fest eingenistet hat. Keine Ahnung, wie ich ihn rausschmeißen kann. Und außerdem will ich das ja auch nicht, wenn ich ganz ehrlich bin.
Kein Wort während der ganzen Fahrt. Seine rechte Hand ruht auf meinem linken Oberschenkel. Sanfter Druck mit den Fingerkuppen und dem Handballen.

Wie hypnotisiert halte ich still und warte. Warte, daß seine Hand sich bewegt. Sie bewegt sich nicht. Mit dezentem Druck liegt sie oberhalb vom Knie und bewegt sich keinen verdammten Millimeter. Ich hätte gern, daß sie nach Norden wandert, aber sie bleibt stur an derselben Stelle, und ich begreife nichts. Außer, daß ich neben dem drei Monate lang verschollenen Harry im Taxi sitze, seine Hand auf meinem Schenkel liegt und ich mich so schnell wie möglich ausziehen möchte. Das erledigt ein paar Minuten später er.
Vor der Wohnungstür nimmt er mir den Schlüssel aus der Hand, im Flur zieht er mir den Mantel aus und wirft ihn in die Ecke. Dann schaut er mich wieder so an. Wie am ersten Abend, an dem ich ihn am liebsten sofort vernascht hätte, er sich aber nicht vernaschen ließ. In meinem Kopf herrscht das Chaos. Alles ist in Unordnung. Mir ist heiß, höllisch heiß. Mein Puls jagt, und mein Körper drückt dem Verstand liebevoll den Judaskuß auf die Wange.
Langsam bewegt Harry sich auf mich zu, legt seine Arme um mich herum, seine Hände wandern tastend und streichelnd über meine Füße, Waden, Oberschenkel, Bauch und Brüste. Am Halsausschnitt angelangt, reißt er mir mit einem schnellen Ruck die Bluse auf, die Knöpfe stieben in alle Richtungen. Ich möchte was sagen, was fragen, aber ich weiß nicht was. Seine Zunge spielt in meiner Ohrmuschel, seine Oberschenkel pressen sich rythmisch gegen meine. Dann haut er mir sanft seinen rechten Fuß in die Kniekehle, und Ruckzuck liege ich auf dem Fußboden. Er zieht den Rock nach oben, den Slip nach

unten, knöpft seine Jeans auf und drückt seinen Schwanz zwischen meine Schenkel.
Der erste Stoß ist wie ein Schuß Heroin, und ich weiß, daß ich süchtig bin, süchtig seit dem allerersten Augen-Blick. Süchtig nach diesem rätselhaften Typen, der immerwährend cool ist, nur beim Sex nicht. Gemächlich bewegt er sich vor und zurück und lächelt mich an dabei. Hin- und hergerissen zwischen Lust und Unsicherheit verlieren sich meine Gedanken irgendwo in der Atmosphäre. Mein ganzer Körper vibriert, pulsiert, hebt ab und explodiert in ungebremster Lust. Der Verstand applaudiert neidlos.

»Wo bist du gestern abend denn so plötzlich abgeblieben?«.
Carsten ist an der Strippe.
»Harry war da, und ich bin mit ihm weggegangen. Du warst ja so beschäftigt!«
»Aha, ich dachte, die Sache mit Harry sei ein für alle Mal vorbei.«
»Dachte ich auch.«
»Und jetzt?«
»Ach, Mensch, ich weiß es auch nicht ...«
Ich weiß es tatsächlich nicht und komme ein paar Tage später auf die Idee, Harry anzurufen. Es ist bereits zehn Uhr abends, eine Frauenstimme meldet sich, ich lege auf.
Ein paar Tage später lädt er mich zum Italiener ein.
»Ich hab dich vor ein paar Tagen angerufen, und da war ne Frau dran.« Ich kann es nicht lassen und drehe sorgfältig die Spaghetti um die Gabel.
Er denkt kurz nach.

»Das war bestimmt meine Mutter, sie war letzte Woche zu Besuch.«
»Die hat aber eine erstaunlich jugendliche Stimme.«
»Ja, das hat sie.«
»Also ..., irgendwie glaub ich dir nicht«, quengle ich.
»Das ist dein Problem«, meint er ganz sachlich.
»Es ist nicht nur mein Problem«, beharre ich, »du verarschst mich doch!«
»Schon wieder dein Problem. Oh Mann, diese Frauen. Warum müssen die nur so kompliziert sein? Ständig irgendwas fragen, klarstellen oder bereden. Kannst du nicht einfach die Dinge so laufen lassen, wie sie laufen. Glaub mir, ich habe andere Dinge zu tun, als dich zu verarschen.«
Mein ungutes Gefühl läßt sich nicht vertreiben.
Das Pärchen am Nebentisch hat eindeutig ein besseres Thema. Sie gluckert in sein linkes Ohr, er fummelt mit seiner Hand unter der Tischplatte herum. Unschlüssig sitze ich zwei Meter daneben und weiß nicht, wie ich auf Harrys dürftige Erklärung reagieren soll. Eigentlich weiß ich es schon, tue es aber trotzdem nicht. Wie gut, daß meine Mutter das nicht erlebt. »Das hast du doch nicht nötig. Eine Frau muß ihren Stolz haben.« Ich habe ganz offensichtlich keinen, das hat sie schon früher vermutet.
Harry wechselt das Thema und schlägt zu meiner größten Überraschung vor, gemeinsam Urlaub zu machen. Er habe in Mailand zu tun, und wir könnten uns anschließend irgendwo am Gardasee treffen. Er würde auch gern mal wieder Tennis trainieren. Ich bin selig, er ist nun mal der Mann meiner Träume. Alles wird gut, alles wird gut!

Er ist schon im Hotel, als ich in München abfahre. In Mailand war eine Messe, und er war von dort aus direkt an den Gardasee gefahren.
Aufgeregt und voller Vorfreude lenke ich an einem Samstag vormittag mein Auto über den Brenner. Wenn Harry mit mir Urlaub macht, dann hat er seine Entscheidung getroffen. Dann bin ich diejenige aus der Fünfer-Riege, für die er sich entschieden hat. Sehr vernünftig! Schließlich kann ich allerhand bieten, sehe einigermaßen aus, habe ausreichend Grips, kann gut kochen, verdiene mein eigenes Geld, und gut im Bett bin ich auch, das bestätigten zumindest meine Liebhaber.
Wie man Männern auf ganz spezielle Art und Weise eine Freude bereitet, das habe ich bereits vor vielen Jahren gelernt. Ich war damals gerade vierzehn und wohnte mit meiner Familie in einem kleinen Dorf, als im Haus gegenüber ein Untermieter einzog. Er hieß Bernhard, studierte Volkswirtschaft, war blond, hatte blaue Augen und gefiel mir ausnehmend gut. Augenscheinlich beruhte das auf Gegenseitigkeit, denn eines Tages lud er mich zu einer Spazierfahrt ein, in seinem alten, rostigen Opel, den er gerade mal wieder repariert hatte.
Er fuhr erst eine Weile in der Landschaft herum, dann bog er in einen Waldweg ein, stellte den Motor ab und wollte mich küssen. Das hatte ich bis dato noch nie getan und wußte nicht so genau, wie es geht. Dafür wußte er es, und so brachte er mir das Küssen bei. Als ich das beherrschte, fuhr er mich wieder nach Hause. Eine Woche später machten wir wieder einen kleinen Ausflug in seiner Rostlaube,

wieder hielt er in einem Waldweg, und dieses Mal zog er mir beim Küssen die Bluse aus. Danach den Büstenhalter, der im Grunde nichts zu halten hatte, aber meine Weiblichkeit maßgeblich unterstützte. Bernhard streichelte meinen Busen, führte meine Hand an den Reißverschluß seiner Cordhose und unterrichtete mich sanft und wortlos in Sachen manueller Liebe. Wißbegierig und willig lernte ich so schon in jungen Jahren, was Männer ganz besonders mögen und wurde im Laufe der Zeit zur perfekten Dienerin in Liebesangelegenheiten. Auch Harry stellt das immer wieder begeistert fest. Na also, was will er mehr.

»Schön, daß du da bist!« Er küßt mich und schließt die Hotelzimmertür.

Am nächsten Tag fängt der Tenniskurs an. Er spielt erheblich besser als ich und deshalb in einer anderen Gruppe. Ab und zu schaue ich zu ihm rüber, er ist beschäftigt. Jagt mit seinem sportlichen Körper über den Sandplatz wie ein Zwanzigjähriger. Mein fröhliches Winken übersieht er. In den Pausen sitzen wir inmitten bestens gelaunter Sportler, essen Salat und Pasta, trinken Rotwein und tun so, als hätten wir absolut nichts miteinander zu tun. Das heißt, er tut so. Wann immer ich in seine Nähe rücke, erfüllt mit der frohen Hoffnung, irgendeine Reaktion bei ihm hervorzurufen, so in der Art, daß er seinen Arm um mich herum legt oder mir gar einen Kuß gibt – falsch gehofft. Harry behandelt mich wie alle anderen auch, freundlich und distanziert. Mißgünstig beobachte ich andere Liebespärchen, die genau das tun, was man von ihnen erwartet, sie knutschen, küssen, und turteln. Jedermann sieht, die gehören zusammen. Bei Harry und mir kommt garantiert kein Mensch auf die Idee. Ab und zu lege ich meine Hand auf seine Schulter und bin schon froh, wenn er sie da liegen läßt. Das ist dann aber auch schon das höchste an Intimität, was Harry in der Öffentlichkeit zuläßt. Den Urlaub habe ich mir vollkommen anders vorgestellt und sage ihm das beim Abendessen.

Da ich Harry ja schon ein paar Tage kenne, weiß ich, daß er derartige Themen überhaupt nicht leiden kann. Milde ausgedrückt. Konkret ausgedrückt bedeutet das, daß er solche typischen Weiberthemen – wie er sie nennt – abgrundtief haßt und sie ihm schlagartig die Laune verderben. In mir steckt aber eine solide Portion Masochismus, und so lege ich zwischen Vor- und Hauptspeise ohne Hemmungen los.

»Ich würde gern mal wissen, warum du überhaupt mit mir in Urlaub gefahren bist.«

Abrupt hört er auf zu essen und legt das Besteck aus der Hand. Dann hebt er den Kopf, seine blauen Augen blicken mich unwillig an. Er überlegt ein kleines Weilchen, sagt aber nichts, sondern nimmt das Besteck wieder auf und ißt wortlos weiter. Dafür sagt sein Gesichtsausdruck alles. Ich schlucke.

»Hast du meine Frage gehört?« beharre ich.

»Ja«, antwortet er gequält.

Mit deutlich genervtem Seufzen legt er das Besteck demonstrativ wieder auf das Tischtuch und richtet es mit einer kleinen Handbewegung im Neunziggrad-

winkel ordentlich zum Teller aus. Das verheißt nichts Gutes.
»Und?« frage ich nichtsdestotrotz.
»Na, was meinst du wohl?« Er ist deutlich verärgert.
»Mittlerweile habe ich keine Ahnung mehr«, antworte ich naiv wie ein Volltrottel, »aber ich dachte, weil du mich magst.«
»Bravo!« Er nimmt sein Besteck wieder auf und ißt weiter, mit stoischer Miene.
»«Ich habe aber nicht den Eindruck, daß du mich magst ..., so wie du dich verhältst!«
»Wie verhalte ich mich denn?«
»So, als hätten wir überhaupt nichts miteinander zu tun!« Triumphierend stoße ich die Klage hervor. Jetzt muß er doch endlich begreifen, was ich meine. Irrtum!
»Was haben wir denn miteinander zu tun?«
»Das weiß ich eben auch nicht!«
»Aha, und das, von dem du nicht weißt, was es ist, müssen wir dauernd und überall demonstrieren?«
»Ach, Mensch ...«, ich stottere bereits wie eine Idiotin vor mich hin, »ich meine doch ganz was anderes.«
»Dann drück dich so aus, daß dich ein normaler Mensch auch versteht.« Der Vater spricht mal wieder.
»Ich meine halt, daß du mich, außer beim Sex, überhaupt nicht anfaßt«, nörgle ich, wohlwissend, daß ich damit genau das Gegenteil von dem erreiche, was ich eigentlich erreichen will.
»Willst du damit behaupten, daß ich dich ausschließlich beim Sex anfasse?« fragt er erheblich gereizt.
»Ja.«

»Dann hast du eindeutig eine Macke oder leidest an Gedächtnisschwund.«
»Weder das eine noch das andere«, verteidige ich mich und will weiterreden, als er mich unterbricht.
»Doch, und ich kann dir das Gegenteil beweisen!« Sein Ton ist bereits deutlich schärfer.
»Nur zu!« fordere ich ihn auf.
»Das würde dir so passen. Ich entblöde mich doch nicht, dir etwas zu beweisen, was vollkommen normal ist.«
»Genau das meine ich auch, es ist vollkommen normal.«
»Und worüber beschwerst du dich dann?« Seine Geduld ist eindeutig am Ende, ich mache aber trotzdem weiter.
»Ich meine, daß es zwar vollkommen normal ist, du es aber trotzdem nicht tust.«
»Und du meinst – mal unterstellt, du hättest recht, was du ja nicht hast – auf diese Art und Weise würdest du bekommen, was du angeblich nicht bekommst?«
Da ich vollkommen verblödet bin, antworte ich wahrheitsgemäß:
»Nein, aber ich wollte ja nur wissen ...«
»Und, weißt du's jetzt?«, unterbricht er mich wütend. »Ich hab absolut keinen Bock mehr auf dieses schwachsinnige Thema und will jetzt in Ruhe weiter essen ..., falls du mich läßt!«
Prima. Ganz prima habe ich das hingekriegt. Die aufsteigenden Tränen kann ich mit Müh und Not zurückhalten und schnibble mechanisch an meinem

Saltimbocca herum. Mein Appetit ist gänzlich dahin, seiner offensichtlich auch.
»Mahlzeit!« schmettert er mir zornig entgegen, schiebt seinen Stuhl mit demonstrativem Getöse zurück, schmeißt seine Serviette in die Essensreste, steht auf und steuert auf die Bar zu. Verdattert bleibe ich noch eine Weile am Tisch sitzen. Was hab ich nur wieder falsch gemacht? Ich weiß es natürlich, ich hätte den Mund halten sollen.
»Reden ist Silber, Schweigen ist Gold«, hat mein Vater schon immer gesagt, oder: »Erst überlegen, dann reden.« An diese schlauen Sätze habe ich mich nie gehalten, das muß ich zugeben. Das war bisher auch nicht so unbedingt notwendig, zumindest war es mir nicht bewußt. Nur, wenn ich mir Harry nicht vergraulen will, dann sollte ich mir zumindest eine dieser Regeln angewöhnen. Aber warum schieße ich diesen arroganten Affen nicht einfach in den Wind? Warum lasse ich mir überhaupt die ganzen Unverschämtheiten gefallen? Und warum fühle ich mich diesem Mann gegenüber wie ein kleines Hascherl? Und wo ist überhaupt meine sonst so berüchtigte Selbstsicherheit abgeblieben? Fragen über Fragen, Antworten fallen mir leider keine ein. Ich weiß nur eins, bei diesem Mann ist grundsätzlich alles anders.
Mit dieser Erkenntnis folge ich ihm an die Bar, aber Harry ist nicht mehr da. Na gut, auch nicht weiter tragisch. Ich setzte mich an die Theke und kippe einen doppelten Grappa runter. Der verätzt erst meine Zunge und dann meine Kehle, danach fühle ich mich schon etwas besser.

»Na, junge Frau, darf ich Sie zu was einladen?« Ein angefetteter Mittvierziger mit Goldrandbrille winkt jovial mit seinen Wurstfingern. Wieso eigentlich nicht? »Ja, gern.« Er bestellt zwei Gläser Champagner, heißt Karl und ist ganz beglückt darüber, daß ich neben ihm sitze. Sagt er. Ich glaub's ihm und lächle ihn an. Daraufhin muß er unbedingt die Geschichte von seinem Prokuristen loswerden, der ihn ganz fies über's Ohr gehauen hat und seit einigen Wochen mit hunderttausend Mark auf Nimmerwiedersehen verschwunden ist. Auf die Malediven, vermutet Karl. Ich sage ihm, daß mir das sehr leid tut und daß eben die ganze Welt schlecht ist. Begeistert gibt er mir recht und knallt im Überschwang sein Glas so heftig gegen meins, daß der ganze Inhalt mit einem Schwups in meinem Schoß landet. Das ist ihm derart peinlich, daß er umgehend eine weitere Flasche bestellt. Na gut, wenn's denn sein muß. Ich hab heute Lust, mich zu besaufen, und er bezahlt. Ist doch nett, finde ich.
Dann erzählt er mir von seinem Leben, das von Anfang an eine einzige üble Machenschaft zu sein scheint. Als er gerade vier Jahre alt war, ging seine Mama mit einem anderen Mann durch. Das war der erste Schlag. Karlchen kompensierte seinen Frust durch Essen. Daraufhin heiratete sein Papi eineinhalb Jahre später eine andere Frau, und die konnte den kleinen, dicken Karl nicht leiden. Karlchen kompensierte seinen Frust weiterhin durch Essen und wurde deutlich übergewichtig. Auch in der Schule hatte er kein Glück. Sämtliche Lehrer konnten ihn nicht leiden und verpaßten ihm grundsätzlich

schlechte Noten. Durch's Abitur kam er aber trotzdem. Knapp zwar, aber eben doch.
Die Studienzeit von Karl war auch nicht das Zuckerschlecken, weil er da seine erste Freundin hatte. Eine Apothekerstochter. Die unbedingt geheiratet werden wollte. Und die dann deswegen ganz gezielt schwanger wurde, damit er sie heiraten mußte. Was er dann auch tat. Das Kind bekam sie dann allerdings nach zwölf Monaten. Als er diesen miesen Trick durchschaute, war's natürlich schon zu spät.
Das einzig Gute in seinem Leben war eigentlich nur, daß sein Vater starb und ihm seine kleine Fabrik vererbte. Die hat er heute noch, und die ist auch das einzige, was ihm im Leben Spaß macht. Und dieser üble Prokurist, der würde sein Fett schon noch wegkriegen – auf den Malediven. Davon ist er überzeugt.
Ich versichere ihm mein Mitgefühl und stelle plötzlich fest, daß der dickliche Mensch auf dem Barhocker neben mir eine Kontur hat. Das ist ein böses Zeichen und verheißt nichts Gutes in bezug auf den nächsten Tag. Wenn ich ein Auge zuklappe, ist die Kontur wieder weg, aber als Karlchen eine weitere Flasche bestellt, finde ich mich resignierend mit meinem Schicksal ab, zumal der Suff auch sein Gutes hat, denn Harry ist mir mittlerweile piepegal. Ich kichere blöde vor mich hin, als Karl mich bittet, die Nacht mit ihm zu verbringen.
Erstens mag ich keine dicken Männer, und zweitens habe ich andere Sorgen. Ich bemühe mich, vom Stuhl runterzusteigen ohne hinzufallen. Das gelingt mir, weil irgendein kluger Mensch rund um die

Theke eine Messingstange angebracht hat. Die Stange in der Hand stehe ich leicht schwankend vor dem dicklichen Karl und erkläre ihm, daß ich die Nacht ohne ihn verbringen werde. »Dasch scha schade«, tönt es hinter mir her, während ich auf den Ausgang zuschwanke und mich mächtig anstrenge, weder Menschen noch Tische anzurempeln. Es gelingt mir. Das erste Problem bekomme ich bei der Tür. Ich will sie aufstoßen, sie bewegt sich nicht. Unter dem spöttischen Gelächter einiger schadenfroher Zeitgenossen rüttle ich eine Weile daran herum, bis ich endlich mitkriege, daß sie nicht nach außen, sondern nach innen aufgeht. Erleichtert witsche ich durch, bleibe aber mit der Jackentasche an der Klinke hängen und reiße sie zur Hälfte ab. Dann stolpere ich die Treppe hinunter, wo mich bereits das nächste Problem erwartet. Der riesige Flur gabelt sich, und ich habe keine Ahnung mehr, wo sich unser Zimmer befindet, an die Nummer kann ich mich erst recht nicht mehr erinnern. Ich weiß lediglich noch eins, die Flure sind von vorn bis hinten mit großformatigen Fotos von Tennisstars dekoriert, und gegenüber unserer Tür hängt Boris, in einem glorreichen Moment seiner Karriere. Dieses Foto suche ich und finde es nach längerem Herumirren letztendlich auch. Erleichtert stehe ich vor unserer Tür, will den Schlüssel aus meiner Handtasche kramen und stelle fest, daß sie noch in der Bar liegen muß, denn an meiner Schulter hängt sie ganz offensichtlich nicht. Ich bin aber froh, daß ich endlich angelangt bin und hämmere an die Tür.

»Ich hasse besoffene Weiber«, meint Harry, als ich

mit Klamotten in die Kissen sinke und er mir die Schuhe auszieht. »Ich binna nich besoffen«, entgegne ich und hoffe inbrünstig, daß das Bett bald aufhört, wie ein Karussell zu kreisen. Mehr interessiert mich im Moment nicht, nicht mal Harry.

Am nächsten Morgen wache ich gezwungenermaßen auf, weil Harry Nachrichten hört, mit den Schranktüren klappert, bei offener Badezimmertür die Klospülung betätigt und schließlich noch mit der Dusche prasselt. Entsprechend dem Motto ›Strafe muß sein‹, bereitet es ihm ganz eindeutig Spaß, Radau zu machen. Ich liege im Bett, leide, fühle mich unbeschreiblich miserabel und wünsche mir dunkle Nacht um mich herum. Stattdessen scheint volle Pulle die Sonne ins Zimmer. Harry geht frühstücken, ich gehe ins Bad, um nach einer Aspirintablette zu suchen, weil bei jedem Pulsschlag mein Kopf zu zerspringen droht. Tennis ist heute abgehakt, ich ziehe den Vorhang zu und lasse mich behutsam auf's Bett sinken.
Am späten Nachmittag habe ich mich einigermaßen erholt und spaziere mit Harry am Seeufer entlang. Wie immer hält er ungefähr einen Meter Abstand, Händchen halten oder Arm in Arm kommt für ihn nicht in Frage. Mir stinkt's, und ich liebäugle mit dem Gedanken, nach Hause zu fahren. Was soll ich hier, mit diesem unnahbaren Menschen, für den körperliche Nähe ein Greuel zu sein scheint. Außer beim Sex natürlich, aber da läßt sie sich ja nicht vermeiden. Eine Eistüte in der Hand stapfe ich mißmutig neben ihm her, als plötzlich eine Stimme ruft:

»Hallo, Harry, was machst du denn hier?«
Harry und ich drehen uns gleichzeitig um, hinter uns steht ein grauhaariger Mann, grinst, haut Harry auf die Schulter und meint:
»Ich denke, du bist in USA!«
Harry klärt ihn auf, warum er nicht in USA ist, die beiden plaudern noch eine Weile über dies und das, und der Mensch verabschiedet sich mit folgenden Worten:
»War nett, dich zu treffen. Laß uns doch mal zu Giorgio gehen, wenn du wieder zu Hause bist. – Also, mach's gut, und grüß' Sonja von mir!«
Sonja ist eine Dame aus der Fünfer-Riege, und zwar die gefährlichste. Sie hat drei Jahre mit ihm zusammengelebt und ist diejenige, mit der er diese merkwürdige Status-quo-Beziehung unterhält. Was immer das auch bedeuten mag. Diesbezüglichen Fragen meinerseits ist er stets erfolgreich ausgewichen.
Ich schaffe es gerade mal eine knappe Viertelstunde, den Mund zu halten. Dann geht's leider nicht mehr.
»Wieso sollst du Sonja grüßen?« Der Satz ist noch nicht ganz draußen, schon weiß ich, was er sagen wird.
»Wieso soll ich sie nicht grüßen?« wird er fragen, und genau das tut er.
Tja, warum soll er sie eigentlich nicht grüßen? Wenn ich von ihm eine vernünftige Antwort haben möchte, muß ich eine vernünftige Frage stellen. Alles andere akzeptiert er nicht und reagiert entsprechend spitzfindig.
Also nochmal: »Siehst du Sonja öfter?«
»Hin und wieder.«

Aha. Ich zermartere mir das Hirn, was ich fragen kann, um endlich mehr zu erfahren. Das scheint er zu ahnen, denn überraschend legt er seinen Arm um mich herum, zieht mich an sich, gibt mir einen Nasenstüber und sagt:
»Streng deinen kleinen Kopf nicht so an. Alles, was du denkst, ist sowieso falsch. Sei doch einfach mal relaxed, du verkomplizierst immer alles. Und dann wunderst du dich, wenn ich keinen Bock mehr habe.«
›Worauf‹, will ich schon fragen, halte aber den Mund. Meine Zurückhaltung wird umgehend belohnt mit der Einladung zu einem Aperitif. Diese Idee finde ich ganz hervorragend, zumal sein Arm nach wie vor mit kräftigem Griff seiner Hand auf meiner Taille ruht. Und so steuern wie die nächste Bar an. Dort trinke ich einen Puntemes mit Orangenscheibe und dann noch einen. Mit jedem Glas steigt meine Laune zusehends, und Harry ist auch erstaunlich gut drauf. Er lacht, scherzt, drückt zwischendurch seine Lenden verheißungsvoll an meine und küßt mich doch tatsächlich in aller Öffentlichkeit. Ich kann es kaum fassen. So mag ich es, ganz genau so. Warum nicht gleich? Außerordentlich zufrieden sitze ich an dem kleinen, runden Holztischchen, schlürfe das bittersüße Getränk und fühle mich ganz prima. Wozu an andere Damen denken, mit wem steht er schließlich hier? Mit mir, na also! Es ist doch ausgesprochen müßig, sich dauernd den Kopf zu zerbrechen, da muß ich ihm recht geben.
Verhältnismäßig ausgelassen lenke ich mein Auto durch die Kurven in Richtung Hotel, wo Knoblauch-

und andere Essensdüfte vielversprechend über dem Parkplatz schweben.
Das Abendessen wartet bereits auf uns, und ich genieße es von Anfang bis Schluß uneingeschränkt, weil Harry etwas macht, was er noch nie gemacht hat, er füttert mich. Er wickelt Parmaschinken zu kleinen Röllchen und schiebt sie mir langsam in den Mund. Genauso die Honigmelonenstückchen und den Peccorino, die frittierten Tintenfischringe und die Auberginenscheiben, die eingelegten Champignons und die weißen Bohnen mit Thunfisch. Er schiebt mir die Teilchen in den Mund und grinst mich an, während seine Zunge feuchtglänzend von einem Mundwinkel zum anderen schlängelt. Ich bin restlos entzückt. Den Menschen an den Nachbartischen geht es wie mir sonst, sie beobachten uns neidisch. Harry und ich sitzen am Tisch und tun zwar so, als würden wir essen, aber das Essen ist lediglich ein Ritual und Mittel zum Zweck. Wir sitzen hier, in dem unromantischen, grell beleuchteten Speiseraum, die Kellner wuseln eifrig von Tisch zu Tisch, und Harry und ich geilen uns auf. Jeder kriegt's mit, uns macht das nichts aus, im Gegenteil, das gibt dem Ganzen den richtigen Kick. Wären wir allein, wär's nicht halb so spannend.
Als Nachspeise serviert der Kellner Schokoladenmousse mit Erdbeeren. Ich nehme Beere für Beere, tauche sie in die Mousse und schiebe sie Harry in den leicht geöffneten Mund. Wir demonstrieren für jeden, der zuschauen mag, was wir nachher tun werden.
Als wir es eine Stunde später dann in unserem Zim-

mer endlich tun, stößt er plötzlich einen Schrei aus und bleibt reglos auf mir liegen.
»Nicht bewegen!« stößt er mühsam hervor. Ich kann aber so nicht ewig liegenbleiben, er wiegt fünfundzwanzig Kilo mehr als ich und drückt mir die Luft ab. Behutsam rolle ich ihn von meinem Bauch, er ächzt mit schmerzverzerrtem Gesicht:
»Ruf an der Rezeption an, die sollen einen Arzt holen!«
Ich haste in den Bademantel, greife zum Telefonhörer, und eine dreiviertel Stunde später klopft es an der Tür. Akuter Hexenschuß, so lautet die Diagnose des Arztes, der Harry eine Spritze in den strammen Hintern jagt. Harry japst und schimpft vor sich hin. Das habe ihm gerade noch gefehlt, und der Arzt meint, eine Wärmflasche könne jetzt nicht schaden.
Ich rufe nochmal den Mann an der Rezeption an, er hat tatsächlich eine. Statt auf mir, liegt Harry nun stöhnend auf dem heißen Gummiding, und ich bedaure ihn, mich aber auch. Der Abend hatte so sensationell begonnen, und jetzt das!
Die Spritze wirkt, ich halte seine Hand während er einschläft und betrachte diesen Mann neben mir. Seine dichten blonden Haare stehen verstrubbelt in die Luft, seine mit Querfalten durchsetzte Stirn ist locker und entspannt, die Augenlider flackern im Traum, Kinn und Wangen sind von grauen Bartstoppeln bedeckt, sein Mund ist leicht geöffnet, er schnarcht kaum hörbar. Ganz sacht streichle ich mit den Fingerspitzen über sein stachliges Gesicht, sauge mit den Lippen behutsam an seinem samtig behaarten Ohrläppchen, stecke vorsichtig meine Nase in

seinen Wuschelkopf und ziehe mir seinen typischen Geruch rein, den ich unter tausenden herausschnuppern könnte. Jetzt, wo sein sarkastischer Intellekt weit entfernt in irgendwelchen Traumsphären herumgeistert und der kleine Harry schutzbedürftig vor mir liegt, da merke ich, wie gern ich diesen Typen habe. Kein Vergleich mit bisherigen Männern. Dieses warme, mollige Gefühl im Bauch habe ich bisher bei keinem verspürt, ich vermute, es handelt sich dabei um Liebe. Was er für mich dagegen empfindet, steht in den Sternen. Trotzdem rücke ich ganz dicht an ihn heran und wünschte, er hätte einen Känguruhbeutel. In den würde ich hineinkrabbeln, mich an seinen Bauch kuscheln und nie wieder rauskommen.

Am nächsten Tag kann er sich bereits wieder einigermaßen bewegen, und nichts auf der Welt könnte ihm vom Tennistraining abhalten. Er stöhnt zwar bei jedem Aufschlag, aber da muß er durch, wie er sagt. Ein Indianer kennt keinen Schmerz. In den Pausen genießt der Indianer es aber trotzdem, von Gott und der Welt bedauert zu werden, denn natürlich erzählt er überall rum, wie schwer es ihn erwischt hat. Wobei, das erzählt er allerdings nicht.
Die letzten beiden Urlaubstage vergehen ohne größere Meinungsverschiedenheiten. Die Sonne scheint, das Essen schmeckt hervorragend, der Wein auch, nachts lieben wir uns, vorsichtig zwar wegen seines Hexenschußes, und am Samstag vormittag fahren wir nach Hause.
Vor meiner Haustür steigt er gleich um in sein Auto,

das einer seiner Mitarbeiter dort abgestellt hat und fährt an den Ammersee.

»Wir telefonieren!« meint er, während er mir einen Abschiedskuß auf die Stirn haucht.

»Okay«, gebe ich ganz lässig zurück und hätte am liebsten gesagt: ›Bleib doch bis morgen‹. Aber das kann ich mir verkneifen. Stattdessen treffe ich mich mit Viktoria zum Abendessen.

Sie sitzt mir gegenüber beim Griechen, kippt den Ouzo mit einer kurzen Bewegung auf ex runter und strahlt. Ihre Wangen glühen, und mit einer energischen Bewegung schmeißt sie ihre lange, schwarze Mähne nach hinten. Ich vermute, sie hat wieder einen neuen Lover. Richtig vermutet. Sie hat tatsächlich wieder einen aufgegabelt, in besagter Cocktailbar. Er heißt John, sieht natürlich blendend aus, besitzt Porsche, Penthouse, sowie einen athletischen Körper, ist Amerikaner, Manager, vierzig Jahre alt und – was wohl? – verheiratet. Na klar, was sonst? Aber dieses Mal ist es was ganz anderes. Na klar, was sonst? Erstmal lebt seine Frau in Amerika, und außerdem hat er schon lange vor, sich scheiden zu lassen. Na klar, was sonst? Ich schüttle den Kopf und frage sie, wann sie denn endlich schlauer werden würde. Ich sei nur neidisch, gibt sie unbekümmert zurück. Und außerdem solle ich ganz ruhig sein, die Geschichte mit Harry sei ja wohl auch nicht das Gelbe vom Ei. Ich ärgere mich, weil sie recht hat. Und Harry hockt am Ammersee.

9. Bunker

Harry meldet sich am Sonntag nicht, auch am Montag nicht, dafür greife ich am Dienstag abend kurz entschlossen zum Telefonhörer. Am Apparat ist wieder diese jugendliche Frauenstimme.
»Harry ist in Frankfurt«, informiert mich seine Mutter. »Soll ich was ausrichten?«
Das soll sie nicht. Ich hocke auf dem Sofa und greife nochmal zum Hörer.
»Entschuldigen Sie bitte, daß ich schon wieder anrufe. Ich habe nur noch ne Frage. Sind Sie Sonja?«
»Ja, wieso?« antwortet seine Mutter. Mich haut's beinahe aus den Polstern. Ich habe es zwar geahnt, aber so erbarmungslos mit der Realität konfrontiert zu werden, ist dann doch ein harter Schlag, denn ein bißchen Hoffnung, daß ich mich irre, hatte ich doch gehabt.
Ich erzähle ihr, wer ich bin. Und wo ich vergangene Woche war, und vor allem mit wem. Sonja trifft auch der Schlag. Sie glaubte nämlich, er sei geschäftlich unterwegs gewesen. Danach informiert sie mich, daß sie bereits seit einem halben Jahr wieder bei ihm lebt. Danach teile ich ihr mit, daß ich seit einem Jahr ein Verhältnis mit habe. Dann ist sie wieder dran und teilt mir umgekehrt mit, daß Harry plant, mit ihr zusammen eine Familie zu gründen. Ich lege auf.
Ich fühle mich grauenhaft und frage mich, warum ich nie auf meine innere Stimme höre. Ist es Unsicherheit, geringes Selbstwertgefühl, oder einfach nur die Angst vor dem Alleinsein. Und was ist mit

meinem Gefühl für Harry? Was gefällt mir an diesem Typen? Seine scheinbare Sicherheit, seine Arroganz, seine erotische Ausstrahlung, seine Unabhängigkeit, seine Zärtlichkeit, seine Jungenhaftigkeit? Ich weiß es nicht. Wahrscheinlich alles zusammen. Aber was gibt er mir? Gibt er mir das, was ich gerne hätte? Geborgenheit, Nähe, Wärme, Schutz, letztendlich also Liebe? Nichts von alledem. Was ich kriege, ist Sex, und zusätzlich noch ein ordentliches Quantum an Aufregung, weil ich nie weiß, wie ich mit ihm dran bin. Sex und Aufregung. Das ist alles. Die Erkenntnis ist schlicht und ergreifend, und ich liege flennend auf dem Fußboden. Auf leisen Sohlen kommt mein Kater angeschlichen, gibt mir feuchte Nasenstüber, läßt sich neben mich plumpsen, kullert sich auf den Rücken, stubbst mir die Vorderpfoten ins Gesicht, schnurrt, steht wieder auf, hüpft behende auf mich drauf und läßt sich auf meiner Brust nieder, die Pfoten links und rechts von meinem Hals. Soviel Zuneigung macht mich fertig, ich schluchze was das Zeug hält und bemitleide mich grenzenlos. Womit habe ich das verdient?
Der Rotwein in der Flasche nähert sich dem Ende, als das Telefon klingelt. Es ist Harry aus Frankfurt, ich sage ihm, er solle sich zum Teufel scheren und richte ihm vor allem schöne Grüße an Sonja aus. Dann knalle ich den Hörer auf die Gabel, setze die Flasche an den Mund und trink sie in einem Zug aus. Ich hasse Harry, und mich hasse ich auch.

Am nächsten Tag ruft er nochmal an. Ich gebe ihm keine Gelegenheit, außer seinem Namen noch irgend etwas zu sagen und schleudere ihm entgegen, daß er ein Schwein sei und ich ein für alle Mal die Nase von ihm voll hätte. Er versucht gar nicht lange, sich zu verteidigen, was in diesem Fall ohnehin besser ist, weil es nichts zu verteidigen gibt. Derart offenkundige Betrügereien sprechen für sich und brauchen keine Worte. Höchstens Erklärungen, aber die will er mir nicht am Telefon geben, sondern persönlich. Ich bin einverstanden und erlaube ihm, mich zu besuchen.

Ertappt wie ein Schuljunge und ziemlich zerknirscht, sitzt er einige Tage später an meinem Eßtisch, trinkt einen Schluck Rotwein und sagt:

»Du hast recht, ich bin ein Schwein. Frag mich aber um Gotteswillen nicht, warum ich so verlogen bin und zwei Frauen auf einmal betrüge. Ich kann es mir selbst nicht erklären. Wahrscheinlich hat es damit zu tun, daß du keine Kinder kriegen kannst, ich aber noch welche haben möchte. Ich bin jetzt fünfundvierzig, und es ist allerhöchste Zeit.« – Pause. – »Und ich kann dir auch sagen, warum ich mit dir Urlaub machen wollte.« Pause. »Ich bin mir nämlich überhaupt nicht sicher, ob meine Entscheidung richtig war. Sonja ist ja lieb und nett, aber irgendwie fehlt mir was, und da wollte ich einfach mal sehen, wie es mit dir gehen könnte ...«

Danach schweigt er und betrachtet intensiv seine Fingernägel. Nach einer Weile hebt er den Kopf und guckt mich an mit seinen blauen Augen, die ganz traurig dreinschauen und sagt:

»Ich weiß, daß ich mich beschissen verhalten habe. Und ich habe Angst, daß du jetzt nichts mehr von mir wissen willst. Das kann ich ja verstehen, aber ich will dich nicht verlieren. Du bedeutest mir einfach zu viel.«

Ich höre, staune und denke nach. Dann sage ich:

»Du wirst mich nicht verlieren, weil ich dich liebe. Zumindest glaub ich das, weil ich bisher noch keinen Mann so gern hatte wie dich.«

Überrascht schaut er mich an. »Eigentlich hab ich mich drauf eingestellt, daß du ne hysterische Show abziehst«, meint er.

»Das hab ich auch vorgehabt, aber dann hab ich mir gedacht, daß mich das auch nicht weiter bringt.«

Souverän lächle ich ihn an, weil ich mächtig stolz auf mich bin, denn im Grunde hätte es mir einen mordsmäßigen Spaß gemacht, ordinär herumzuschreien, ihm ein paar saftige Ohrfeigen zu verpassen oder ihm theatralisch ein Glas Rotwein ins Gesicht zu schütten und so richtig die Sau rauszulassen eben. Mit Genugtuung stelle ich fest, daß ausnahmsweise nicht meine Gefühle mich, sondern ich meine Gefühle im Griff habe.

»Aber auch wenn ich dich noch so mag ..., ich hab keinen Bock mehr auf deine Mauscheleien. Du hast dich für Sonja entschieden, also steh auch dazu. Daß du die eierlegende Wollmilchsau nicht kriegst, ist eh klar. Schließlich hast du ja lange genug mit diversen Weibern rumgemacht, und was ist rausgekommen dabei? Nichts. Besonders erwachsen ist dein Verhalten echt nicht. Und so was will Kinder in die Welt setzen!«

Ich zeige mich entrüstet und bin es auch auf eine gewisse Art und Weise. Obwohl ich im Grunde meines Herzens seine Mauschelei verstehe, ich bin ja auch kein Engel ...

Zerknirscht schaut er mich an. »Ich weiß, ich bin ein Idiot!«

»Da kann ich dir leider nicht widersprechen.« Jetzt spricht die Mutter, denn mittlerweile ist mir klar, daß ich mit Verständnis nicht weiterkomme, sondern nur konsequentes Verhalten dieses Kudelmuddel auflöst. Auch wenn ich eigentlich viel lieber was ganz anderes tun würde. Ihn in den Arm nehmen zum Beispiel und trösten, oder noch besser, mich trösten lassen. Stattdessen sage ich ihm, daß er gehen soll und bringe ich ihn zur Tür. Ich schaue ihm hinterher, wie er unschlüssig durch den Flur tappt, höre seine Schritte auf der Treppe, dann die Haustür zuschlagen. Ich fühle mich total beschisssen.

Auf dem Eßtisch steht die angebrochene Weinflasche, und die wird jetzt geleert. Ich gieße mir das Glas voll, trinke es mit einem Zug aus, krame fünf Mark aus dem Geldbeutel und kaufe mir bei dem Automaten um die Ecke eine Schachtel Zigaretten. Vor drei Jahren habe ich zwar aufgehört zu rauchen, aber gewisse Umstände rechtfertigen gewisse Handlungen, auch wenn sie ungesund sind. Ich inhaliere das Nikotin bis in den Bauch runter, ziehe den Korken aus der nächsten Flasche, lege ›Wish you where here‹ von Pink Floyd auf, lege mich auf den Fußboden und fühle mich grenzenlos einsam, ungeliebt, unverstanden, und überhaupt ist das ganze Leben ein einziger Krampf. Ich heule wie ein Schloßhund und bin fest davon überzeugt, daß es Menschen gibt, die in einer derartigen Situation beschließen, vom

Balkon zu springen, sich die Pulsadern aufzuschneiden oder ein Röhrchen Schlaftabletten zu schlucken. Nachdem ich die einzelnen Möglichkeiten in Gedanken durchgespielt habe, stelle ich erleichtert fest, daß keine für mich in Frage kommt. Erstens kann ich das meinem Kater nicht antun, der mal wieder eingeringelt und vollkommen entspannt zwischen den Sofakissen im Tiefschlaf liegt, und zweitens ist Liebeskummer kein Grund für übereilte Aktionen. Vor allem nicht für solche, die nicht mehr rückgängig zu machen sind, sondern den endgültigen Schlußstrich unter mein Leben ziehen. Nein, das kann's nicht sein. Kein Mann ist das wert, und vor meinem geistigen Auge erscheinen die Männer der vergangenen zwanzig Jahre. Die One-night-stands lasse ich aus, die sind noch unwichtiger als die anderen.

10. Zählspiel

Mein erster Mann, also der, der mich entjungfert hat, sprach mich in der Fußgängerzone an, als ich gerade aus einem Kaufhaus trat, mit einer halbvollen Einkaufstüte in der Hand. Der Inhalt wog schätzungsweise ein Pfund, und er fragte, ob er sie denn nicht tragen solle, die sei doch bestimmt zu schwer für mich. Er grinste listig, und ich konnte mir ein Lachen nicht verkneifen. Später verriet er mir, daß er und seine Freunde an einem bierseligen Abend eine Reihe von Sprüchen entwickelt hatten, um Frauen anzuquatschen. Das tragende Angebot war einer davon. Höchst effizient war auch die andere Anmache. Mann steuert zielstrebig auf Frau zu und sagt: »Hallo, Susanne, wie geht's dir? Wir haben uns ja schon ewig nicht mehr gesehen!« Obwohl kein bißchen originell, funktioniert die Masche immer und überall. Auf der Straße, im Café, in der Disco. Und Susanne sagt immer das gleiche: »Ich heiße nicht Susanne!« Aber dann ist sowieso schon alles gelaufen, die beiden sind im Gespräch, und nur darauf kommt's letztlich an.

Mir persönlich gefiel die Variante mit der Rose am besten, weil sie den romantischen Vorstellungen einer Frauenseele am ehesten entspricht. Mann mit roter, langstieliger Rose geht – auch wieder zielstrebig – auf Frau zu, überreicht die Rose mit schwungvoller Geste und sagt mit fester Stimme: »Die ist für Sie, die schönste Frau der Fußgängerzone!« Spricht er sie beispielsweise in der Uni an, wird das Wort

Fußgängerzone gegen Uni ausgetauscht, versteht sich, und es liegt in der Natur der Dinge, daß diese plumpe Schmeichelei immer funktioniert.
Der Tütenträger hieß Bertram, war ein paar Jahre älter als ich und wohlerzogener Sohn eines Solosängers am Stadttheater. Er war unglaublich belesen, ehemaliger Internatsschüler und studierte gerade im zweiten Semester Volkswirtschaft. Außerdem war er Mitglied in einer schlagenden Verbindung und ein relativ schlechter Liebhaber, weil er es machte wie die Hasen, nämlich ganz schnell. Ansonsten hatte er aber keine Fehler, sah gut aus, war immer bester Stimmung und hatte prima Manieren. Meine Mutter begrüßte er mit einem formvollendeten Handkuß, und mit meinem Vater führte er angeregte Gespräche über Politik und marktwirtschaftliche Wachstumstheorien. Meine Eltern waren sehr angetan von ihm. ›So ein wohlerzogener Junge!‹ sagten sie.
Wir gingen insgesamt eineinhalb Jahre miteinander, bis ich auf einer Geburtstagsfeier Friedhelm kennenlernte.

Friedhelm war ein ganz anderer Typ. Er hatte nicht die Hälfte des Selbstbewußtseins von Bertram, war schüchtern und zurückhaltend, dafür aber ein sehr zärtlicher Liebhaber, kuschelte für sein Leben gern und war wahnsinnig lieb. Zu lieb, ich konnte ihn um den Finger wickeln. Er zeigte nicht den geringsten Funken Widerspruchsgeist, und das war mir zu langweilig. Ich brauchte jemanden, an dem ich mich reiben konnte.
Diesen Menschen fand ich bald, denn mir begegnete

Gerd. In einem Stehcafé von Tschibo. Er war groß und schön und ein arroganter Kotzbrocken. Und genau das reizte mich, obwohl er ein mäßiger Liebhaber war. Er hatte massive Erektionsprobleme. Sein Ding wurde einfach nicht hart genug. Trotzdem, oder vielleicht gerade deswegen, ging er mit jeder einigermaßen gutaussehenden Frau ins Bett. Seine Affären dauerten aber nie lange, und außerdem revanchierte ich mich, indem ich umgekehrt auch nichts anbrennen ließ. Aids war damals noch kein Thema, und ich nahm die Pille. Im Grunde war die Beziehung keine, weil jeder mehr oder weniger seine eigenen Wege ging. Trotzdem dauerte sie insgesamt fast drei Jahre, so lange, bis ich mich Hals über Kopf verliebte.

Der neue Mann stand in der Lebensmittelabteilung eines Kaufhauses vor dem Weinregal, hielt eine Flasche in der Hand, studierte intensiv das Etikett und hatte seine langen Haare zu einem Pferdeschwanz zusammengebunden. Ich ratterte mit dem Einkaufswagen an ihm vorbei, als er mir die Flasche unter die Nase hielt und fragte, ob ich zufällig wüßte, wie dieser Wein schmeckt. Ich wußte es, wir kamen ins Gespräch und er auf die Idee, den Wein doch gemeinsam zu trinken. Am Abend habe er Freunde zum Essen eingeladen, und ich solle auch kommen.

Ein paar Stunden später saß ich mit ihm und seinen Freunden an einem großen, runden Holztisch und bemühte mich, störrische Makkaroni mit Tomatensoße ohne größere Klecksereien in meinen Mund zu befördern. Das gelang mir überhaupt nicht und war Anlaß zu umfangreichen Lachsalven. Ich lachte erst mit, als mir die Anzahl der roten Flecke auf meiner Bluse allmählich wurscht war. Der Gastgeber hieß Gero, studierte Philosophie und war der erste Mann, der mir einen Heiratsantrag machte, einige Monate später natürlich. Warum die Beziehung letztendlich nicht in einer Ehe mündete, sondern auseinanderging, läßt sich schwer nachvollziehen, denn eigentlich war alles in bester Ordnung. Ich nehme aber an, daß es genau das war, was mir angst machte. Alles schien so vorprogrammiert. Heiraten, Häuschen bauen und Kinderchen in die Welt setzen. Die Gleise waren gelegt, der Zug stand bereits im Bahnhof, wir mußten nur noch einsteigen und abfahren, hinein in die gesicherte Zukunft. Dazu hatte ich aber mit fünfundzwanzig noch keinerlei Ambitionen. Ich mußte erst noch was erleben, erfahren, herausfinden. Hausfrau und Mutter, das war noch nichts für mich.

Auf einem Tennisplatz trat dann trat Karlheinz in mein Leben. Er war der Sohn stinkreicher Eltern, fuhr ein teures Auto, trug die edelsten Klamotten, seine Wohnung war mit erlesenen Antiquitäten ausgestattet, er hatte bereits die halbe Welt bereist, und sein Freundeskreis bestand aus den Nachkömmlingen feinster und bester Kreise. Neben ihm kam ich mir vor wie Aschenputtel. Auf einer Cocktailfete lernte er schließlich eine attraktive und wohlhabende Brasilianerin kennen. Sie war die Cousine der Freundin seiner Schwester und zeigte ihr Interesse an Karlheinz ganz unverhohlen. Offenbar beruhte das auf Gegenseitigkeit, denn die beiden heirateten mit enormen Pomp ein halbes Jahr nach der Fete.

Alles, was Rang und Namen hatte, war eingeladen, ich auch.
Mich traf diese Entwicklung nicht besonderes, weil ich seinerzeit massenweise Verehrer zu verzeichnen hatte. So viele, daß die Auswahl nicht einfach war. Ich suchte aus nach dem Zufallsprinzip, beziehungsweise nach der Optik, was allerdings nicht heißt, daß ich nur die Schönlinge rauspickte. Nein, nein. Meine Männer sahen zwar alle ganz attraktiv aus, aber attraktiv ist ja nicht gleichbedeutend mit schön. Sie mußten etwas haben, dieses gewisse Etwas, das man nicht definieren kann, man spürt es lediglich. Schon beim ersten Blick. Da passiert etwas zwischen den beiden Augenpaaren, da beginnen Phantasien zu laufen, Wünsche und Vorstellungen ufern aus, längst vergessene Traumgeschichten treten mit einem Mal aus der Versenkung ans Tageslicht und versprechen Realität zu werden, das Glück des Himmels winkt mit der Hand, und man will nur noch eins, den anderen anfassen, riechen, schmecken, spüren, aufsaugen, hineintauchen und verschmelzen zu etwas Neuem, noch nie Dagewesenem. Später dann, nach der Verschmelzung, stellt man ernüchtert fest, daß alles beim alten geblieben ist, leider. Trotzdem gibt man nicht auf, Hoffnung ist das halbe Leben.

Nach Karlheinz kam Martin. Er war fünfzehn Jahre älter als ich und frisch geschieden. Ich begegnete ihm bei meiner damaligen Freundin Therese, die erst hinterher zugab, daß sie uns miteinander verkuppeln wollte. Martin war vom Typ Teddybär, tapsig und kuschelig. Er verehrte mich zwar sehr, trauerte aber trotzdem seiner Exfrau hinterher, die ihn wegen eines anderen verlassen hatte. Der andere war ein erfolgreicher Unternehmer und konnte ihr erheblich mehr bieten als Martin. Endlich konnte sie das Leben führen, von dem sie schon immer geträumt hatte. Pelzmantel und Brilli tragen, faul am eigenen Swimmingpool herumliegen, teure Klamotten kaufen, Tennis spielen im feudalsten Club der Stadt, Skifahren in St. Moritz, und alles das machen, was man eben so macht als Gattin eines wohlhabenden Mannes. Martins Erzählungen entnahm ich, daß er sie trotzdem noch liebte. Meine Beziehung mit ihm endete passend an einem ausgelassenen Silvesterabend. Neues Jahr, neuer Mann.

Martins Nachfolger stand an der Bar mit einem roten, spitzen Hütchen auf dem Kopf, blies fröhlich in eine winzige Blechtrompete und schmiß übermütig Konfetti in die Menge. Er hatte Augen wie Paul Newmann und einen Grafentitel. Letzteres gefiel mir ganz besonders. Gräfin zu werden, das hätte mir gut in den Kram gepaßt. Leider stellte sich bald heraus, daß der Graf auch nicht der Richtige für mich war, weil es ihm erheblich an Intelligenz mangelte. Er verfügte zwar über ein Diplom als Volkswirt, aber man munkelte, er habe es sich schreiben lassen. Diese Vermutung war gar nicht so abwegig, weil er wirklich extrem wenig Grips hatte. Wahrscheinlich handelte es sich um Degenerationserscheinungen aufgrund inneradeliger Fortpflanzungsgepflogenheiten. Der Adel bleibt ja

vorzugsweise unter sich, weil es nach wie vor verpönt ist, blaues Blut mit normalem zu vermischen.
Da ich mit dem Grafen kein vernünftiges Gespräch führen konnte, verlor sein Status bald seinen Reiz.

Der nächste Kandidat hieß Jürgen, war sehr intelligent und Dozent für Soziologie an der Uni. Ihm begegnete ich an einem Samstag vormittag am Würstchenstand auf dem Weihnachtsmarkt. Ein dicker Klacks Senf tropfte von seiner Wurst auf den Ärmel meiner Jacke. Es war ihm furchtbar peinlich, und er bestand darauf, die Reinigungskosten zu übernehmen. Ich wischte den Senf mit einer Papierserviette ab und sagte, der Fleck sei nicht der Rede wert. Zu einem Glas Glühwein wolle er mich dann wenigstens einladen, meinte er, und wir plauderten mit kalten Füßen an einem runden Stehtisch, während die Lautsprecher »Stille Nacht«, »Oh du Fröhliche« und »Ihr Kinderlein kommet« quäkten. Beim Abschied tauschten wir die Telefonnummern, zwei Tage später rief er an. Wir gingen miteinander spazieren, abendessen, tanzten Rock'n'Roll in meiner Stammdisco, und die Nacht verbrachten wir auch miteinander. Zweieinhalb Jahre dauerte die Beziehung, dann bekam er einen Ruf an eine amerikanische Universität, und dort arbeitet er heute noch. Er ist verheiratet und hat drei Kinder. Zu Weihnachten schreibt jeder dem anderen eine Postkarte. Und wenn ich irgendwann mal nach Amerika fahre, werde ich ihn bestimmt besuchen.

Meinen Mann schließlich lernte ich auf einer Parkbank kennen, wo er ein Buch las. Ich führte den Hund einer Freundin spazieren, und ich setzte mich neben ihn. Nach einer Weile fragte ich neugierig nach dem Titel des Buches. Er las »1984« von George Orwell. Das kannte ich natürlich, wir verwickelten uns rasch in ein tiefschürfendes Gespräch und verstanden uns auf Anhieb. Nach zwei Stunden verließen wir gemeinsam die Holzbank und brachten den Hund zu meiner Freundin. Dann lud er mich zum Tee zu sich nach Hause ein. Dort lümmelten wir auf dem Fußboden herum, knabberten Plätzchen, tranken Rauchtee und hörten klassische Musik. Nach einem Monat beschlossen wir, ganz einfach so, zu heiraten, und nach einem weiteren Monat taten wir das. Er war acht Jahre jünger als ich, und das ist letztendlich wohl der Grund dafür, daß wir nach drei Jahren eigentlich keine Ehe mehr führten, sondern in einer Art freundschaftlicher Wohngemeinschaft zusammenlebten, weil ich immer mehr zu seiner mütterlichen Beraterin mutiert war und im wahrsten Sinn des Wortes keine Lust mehr verspürte, mit ihm zu schlafen. Heute ist er mein bester Freund.

11. Mulligan

Während Harry heim zu seiner zukünftigen Gattin und Mutter seiner noch zu zeugenden Kinder fährt, liege ich hier und frage mich, warum sich mein Leben die letzten zwanzig Jahre um fast nichts anderes gedreht hat als um Männer. Ist ein Leben ohne Mann nichts wert, inhaltslos und unsinnig, oder ist es das erst mit Mann? Auf alle Fälle war bisher noch keine Beziehung so, wie ich sie mir vorstelle. Wie stelle ich sie mir überhaupt vor? Soll mein Gegenüber mir jeden Wunsch von den Augen ablesen, mindestens einmal pro Tag eine Liebeserklärung machen, immer dieselbe Meinung und zum selben Zeitpunkt dieselben Wünsche haben, über dieselben Witze lachen, dasselbe Essen mögen, dieselben Bücher lesen, alles in allem mein Ebenbild sein?
Aus schlauen Psychologiebüchern weiß ich, daß das, abgesehen davon, daß es kaum vorkommt, meistens in die Hose geht, weil der Partner als Spiegelbild in positiver Hinsicht schnell langweilig wird, und der Partner als Spiegelbild in negativer Hinsicht noch viel weniger zu ertragen ist, weil jeder Mensch sich nur in rosigsten Farben sieht und die Krise kriegt, wenn er feststellen muß, daß er seinem Ideal nicht im mindesten entspricht. – Also, was hätte ich gern? Mein Kater liegt eingeringelt auf dem Teppich, träumt mit zuckenden Pfötchen von irgendwelchen Mäusen, und ich grüble, finde aber keine Antwort. Am liebsten würde ich mich in eine warme Höhle verkriechen, Winterschlaf machen und erst dann

aufwachen, wenn ich die Lösung gefunden habe. Da ich keinen Winterschlaf in einer Höhle machen kann, gehe ich ins Bett, um wenigstens dort ein bißchen Geborgenheit zu finden. Dann knipse ich das Licht aus, dämmere langsam weg und kriege gerade noch mit, wie der Kater es sich schnurrend neben meinem Kopf bequem macht. Der braucht sich nicht solche schwerwiegenden Gedanken zu machen. Hauptsache, er hat was zu Futtern und ein warmes Plätzchen.

In der nächsten Zeit verläuft mein Leben ohne Streß, aber auch ohne Höhepunkte. Ich arbeite, schaue fern, gehe früh schlafen, treffe mich ab und zu mit der bis über beide Ohren verliebten Viktoria und muß oft an Harry denken. Aber der lebt ja nun in Eintracht mit Sonja und plant Nachwuchs.
Ich sitze an meinem Arbeitstisch und klebe Entwürfe zusammen, als das Telefon klingelt. Es ist Richard, mein Exmann. Er ruft regelmäßig an und hat meistens irgendeine Weibergeschichte zu erzählen. Das ist immer ganz amüsant, weil er die komischsten Dinge erlebt.
Am meisten zu erzählen gab es, als er auch auf die Idee kam, eine Bekanntschaftsanzeige aufzugeben. Es trudelten massenweise Zuschriften ein, was ja auch verständlich ist, wenn ein 34jähriger gutaussehender Journalist seine Traumfrau sucht. Denn neben Ärzten, Architekten, Piloten und Millionären sind Journalisten sehr begehrt bei den Damen. Das liegt daran, daß Journalisten verwegene und illustre Zeitgenossen sind, ständig im Trubel der Ereignisse

umherwirbeln, von Mailand über Paris nach New York jetten, sich mit Boris Becker duzen, Herrn Clinton interviewen und das gemeinsame Leben mit ihnen ein einziges Kaleidoskop an spannenden Ereignissen ist. Die rauhe Wirklichkeit sieht natürlich ganz anders aus, und die meisten Journalisten, die ich kennengelernt habe, sind, milde ausgedrückt, eher unauffällige Zeitgenossen, bestenfalls ganz normale Menschen. Auch Richard ist verhältnismäßig normal, besitzt allerdings eine hervorstechende Eigenschaft, die bei Männern nicht so weit verbreitet ist. Es handelt sich um die seltene Mischung von Intellekt und Emotion. Ich kann schon verstehen, warum die Weiber verückt nach ihm sind. Die meisten Zuschriften, darunter eine von einer ziemlich bekannten, männerverzehrenden Künstlerin, landeten im Papierkorb. Die von der Künstlerin auch. Sie sah zwar gut aus, aber ihre Bewerbung war nicht so ganz ernstzunehmen, auch wenn sie schrieb, daß sie trotz der Männer, die sie täglich kennenlernt, immer noch auf der Suche nach dem Richtigen sei. Kann man mal sehen, auch gutaussehende Prominente können einsam sein. Das tröstet!

Ungefähr eine Handvoll Briefe blieb übrig, und er hing sich ans Telefon. Am nächsten Tag rief er mich an, vollkommen aufgelöst. Verliebt sei er, total verliebt! Er habe die ganze Nacht telefoniert, mit einer angehenden Juristin. Sie sehe spitzenmäßig aus, zumindest auf dem Foto, und die Stimme sei so unglaublich erotisch, und überhaupt herrsche eine derartige Übereinstimmung zwischen ihnen beiden, es sei einfach unglaublich, das sei die Frau, da sei er

ganz sicher, die, auf die er schon ewig gewartet habe. Nach mir, natürlich, fügte er hinzu. Er sei vollkommen fix und fertig, könne keine Sekunde arbeiten, weil er sie heute abend treffen würde, und er sei schon so wahnsinnig nervös, könne es kaum abwarten, habe Bauchschmerzen und Lampenfieber, und er wisse nicht, was er anziehen solle. Er winselte in den Hörer, und ich beruhigte ihn, indem ich ihm den guten Tip gab, doch vorsichtshalber schon ein paar Verlobungsringe zu besorgen. Meine Bemerkung brachte ihn aber nicht im geringsten auf den Teppich zurück, sondern er meinte doch tatsächlich, die Idee sei gar nicht schlecht, seine Intuition habe ihn noch nie getrogen, die Jurastudentin sei es, das wisse er.
Sie war es natürlich nicht. Das stellte sich gleich bei der Gegenüberstellung heraus. Sie sah zwar wirklich gut aus, aber der Zauber der Telefonphantasien war verschwunden. Der berühmte Augen-Blick hat nicht das rübergebracht, was es braucht um das Feuer zu entfachen. Komischerweise konnten sie sich auch nicht mehr unterhalten, alles war wie weggeblasen. Die sensationelle Übereinstimmung war irgendwo in der Telefonleitung steckengeblieben. Nun gut, wenigstens konnte er jetzt wieder in Ruhe arbeiten. Und außerdem waren da ja ein paar andere Briefe. Allerdings gönnte er sich ein paar Tage Pause.
Die nächste Dame war Hörfunk-Redakteurin, hatte auch eine prima Telefonstimme, aber kein Foto mitgeschickt. Wohlweislich, wie sich bald darauf herausstellte. Auch mit ihr unterhielt Richard sich prächtig, das ist ja klar, bei so berufsverwandten

Seelen, und er verabredete sich mit ihr für den übernächsten Abend zu einer Weinprobe. Da er sich schon wieder auf seine untrügliche Intuition verließ, hatte er nicht die geringsten Bedenken, die fremde Dame gleich seinen Freunden zu präsentieren.

Diese waren bereits da, als es klingelte. Den folgenden Ablauf hat nicht Richard mir geschildert, sondern sein Freund Florian, der unbändigen Spaß daran hatte, er konnte vor Lachen kaum reden.

Es klingelte also, und Richard machte die Tür auf. Durch den Flur walzten ungefähr neunzig Kilo, eingewickelt in eine Art bunter Wurstpelle. Ein winziger Hund trippelte hinterher. Florian schilderte die Dame so: »Weißt du, die war nicht dick, die war ganz einfach fett. So richtig fett!« Er lachte hämisch.

Richard steuerte die fette Dame samt Hund ins Wohnzimmer, wortlos und stinkesauer. Er kann nämlich weder fette Weiber noch Hunde leiden. Fette Weiber findet er abstoßend, und Hunde gehören in den Zwinger, weil ihn mal einer in die Wade gebissen hat, als er noch ein kleiner Junge war. Die Narben sieht man heute noch.

Da Männer ja bekanntermaßen elende Feiglinge sind, traute er sich natürlich nicht, die überdimensionierte Redakteurin samt Hund wieder rauszuschmeißen, sondern bot ihr widerwillig ein Glas Wein an und trank seinerseits eines nach dem anderen. Reden tat er nicht, dafür tat es die Dame. Mit erstaunlichem Selbstbewußtsein, wie Florian schadenfroh kichernd berichtete. Sie war bester Laune und quatschte unbekümmert drauf los. Als die zweite Flasche leer war, zog Richard sich resigniert in

sein Arbeitszimmer zurück und hörte Opern. Die Dame walzte ungebeten hinterher, die Freunde verabschiedeten sich diskret. Richard hing in seinem Sessel, litt Höllenqualen und sann nach einer Möglichkeit, die Dame samt Hund ohne größere Probleme aus seiner Wohnung zu komplimentieren. Mittlerweile hockte sie vor ihm auf dem Teppich und schmiegte sich zärtlich an seine Unterschenkel. Als ihre Hände mit deutlicher Absicht seine Oberschenkel hinaufwanderten, schoß er aufgebracht vom Sitz hoch und schmetterte ihr zornig entgegen, er sei kein Mann für eine schnelle Nummer, was ihr eigentlich einfiele, sie solle gefälligst ihre Pfoten von ihm lassen, ihren fetten Körper nebst Hund aus seinem Sichtfeld entfernen und abhauen. Die Dame fing erst an zu plärren und dann zu toben. So etwas sei ihr ja noch nicht passiert, schrie sie. Allerdings, schrie er zurück, ihm auch noch nicht, und überhaupt solle sie doch mal selbstkritisch in den Spiegel schauen. Entrüstet nahm die Dame ihren Hund an die Leine und rollte von dannen.
»Du kannst Richard fragen«, grölte Florian. »Genauso war's. Kaum war ich zu Hause, klingelte schon das Telefon, und er hat wild rumgezetert, warum wir Schweine ihn mit diesem Monstrum allein gelassen hätten. Und dann hat er mir ausführlich geschildert, was passierte, nachdem wir weg waren. Ha, ha, ha! Kein Mann für die schnelle Nummer, zu komisch, wirklich zu komisch, ha, ha, ha, ausgerechnet Richard!« Florian konnte kaum an sich halten. Er hatte unglaublichen Spaß an der Geschichte. Ich allerdings auch, Schadenfreude ist eben die schönste Freude.

Nach diesem Erlebnis hatte Richard die restlichen Briefe weggeworfen. Vorschnell, wie ich meinte. Aber das ist nicht weiter tragisch, er braucht nur abends in irgendeine Kneipe zu gehen, und schon hat er wieder eine an der Angel.
Dieses Mal aber hat er kein neues Weib, sondern einen neuen Kunden für mich. Es handelt sich um einen früheren Kollegen, der sich selbständig gemacht hat und Logo plus Briefpapier braucht. Da bin ich genau die Richtige. Richard gibt mir die Telefonnummer, und ich telefoniere mit meinem neuen Auftraggeber. Wir verabreden uns für den nächsten Tag in seiner neuen Firma. Die Sekretärin bringt mich ins Besprechungszimmer. Am Tisch sitzen drei Herren. Der ehemalige Kollege, sein Geschäftspartner und der Innenarchitekt. Die ersten beiden sehe ich zum ersten Mal, den Innenarchitekten kenne ich. Sein Vorname ist Harry.
Ich sitze ihm gegenüber und wundere mich, daß ich kein bißchen nervös oder aufgeregt bin. Nein, ich bin ganz gefaßt und bringe den Termin souverän hinter mich. Mit dem Auftrag in der Tasche gehe ich hinaus, Harry folgt mir und fragt, ob ich einen Drink mit ihm nehme. Das mache ich natürlich.
An der Theke eines Bistros fragt er mich, wie es mir geht. »Gut«, sage ich. Es stimmt ja einigermaßen. »Vermißt du mich?« fragt er weiter. »Ja«, sage ich, weil auch das stimmt. Er sagt »ich dich auch«, legt den Arm um mich, mir wird ganz warm um's Herz, ich drücke mein Gesicht an seinen Hals, schnuppere an seinen Haaren und könnte jetzt einfach so weg-

schweben. Aber ich bin schießlich Realistin und sage: »Zu Hause wartet Sonja auf dich! Und ich habe dir gesagt, daß ich keinerlei Lust auf deine blöden Spielchen habe!«

»Ja, ich weiß.« Kleine Pause. »Aber es gibt keine Spielchen mehr. Sonja wird ausziehen, wir trennen uns endgültig.«

Ich traue meinen Ohren nicht. Ich hatte zwar vermutet, daß die Sache mit Sonja nicht ewig dauern würde, aber daß es so schnell geht, das hätte ich doch nicht gedacht. Ich hatte es für wahrscheinlich gehalten, daß die beiden heiraten und ein Kindchen in die Welt setzen, Harry dann aber mit der Zeit mitkriegt, daß das Kindchen seine Defizite auch nicht ausgleicht und sich scheiden läßt. Mit diesem Verlauf hatte ich gerechnet. So aber bin ich doch sehr überrascht, und Harry redet weiter.

»Ich weiß, ich hab viel Mist gebaut, aber jetzt weiß ich auch, was ich will.« Inhaltsschwangere Pause. »Ich will mit dir zusammensein!«

Gleich falle ich vom Stuhl.

»Ach, tatsächlich! Ich denk, ich bin dir zu anstrengend.«

»Stimmt schon, du bist wahnsinnig anstrengend. Aber ich will lieber ne anstrengende Frau als ne langweilige. Mit dir kann ich reden, streiten, diskutieren. Mit Sonja geht das nicht, die paßt sich an, widerspricht nicht, findet alles prima, so wie es läuft. Mir ist das zu wenig. Auf alle Fälle werde ich sie nicht heiraten, geschweige denn ein Kind mir ihr machen!«

»Fein, daß du das ansprichst. Ich denke, du willst

dringend Nachwuchs. Daß das mit mir nicht geht, weißt du ...«
»Da hab ich natürlich auch drüber nachgedacht. Und ich mach ja auch schon seit Jahren an dem Thema rum, aber die Frauen, mit denen es geht, die will ich nicht. Und da man nicht alles haben kann, habe ich mich jetzt entschieden.« Pause. »Und wenn du auch willst ...«
Erwartungsvoll schaut er mich an. Ich kann keinen klaren Gedanken fassen. Das Gefühl ist wie Weihnachten vor vielen Jahren, als ich ein kleines Mädchen war und unter dem Christbaum Geschenke fand, von denen meine Eltern mir versichert hatten, daß ich sie auf gar keinen Fall kriegen würde.
Ich bin sprachlos und ratlos gleichermaßen. Das kommt mir alles zu schnell. Dem Frieden traue ich nicht so ganz, ich will erst mal die Ereignisse abwarten. Und genau das sage ich Harry.
»Vertraust du mir nicht?« fragt er.
»Ich weiß nicht so genau«, anworte ich. Und es ist die Wahrheit. Diese verblüffende Kehrtwende kommt mir nicht geheuer vor, und ich sage Harry, er solle sich melden, wenn alles erledigt, alles klar und eindeutig ist.
Beim Abschied auf dem Gehsteig reißt er mich leidenschaftlich in seine Arme und küßt mich, aber ich bleibe standhaft. Auch wenn's schwerfällt. Er winkt durch sein Autofenster, ich winke zurück und gehe dann einkaufen, ins teuerste Feinkostgeschäft der Stadt. Dieser Tag muß gefeiert werden. Erst ein Auftrag, und dann Harry! Also, wenn das kein Grund ist ...

12. Birdie

Ich stehe in der Küche und kippe gerade drei Schlückchen Rotweinwessig in die Salatschüssel, als das Telefon klingelt. Durch die Leitung tönt jämmerliches Schluchzen, ich vermute, es stammt von Viktoria. Richtig vermutet.

»Er hat sich mit seiner Frau versöhnt.«

Er, damit kann nur John gemeint sein, ihr verheirateter Lover. »Ich bin so unglücklich!« Tränenflüsse schwappen durch die Leitung. Ihr verzweifelter Gefühlsausbruch bringt selbst Stahl zum Schmelzen. Und ich stehe da, zwischen Avocado und Rucola und weiß nicht, was ich sagen soll. Wenn ich ihr gratuliere, wäre das nicht nett. Ich kann es mir aber doch nicht verkneifen.

»Viktoria, du bist meine Freundin, und deshalb sag ich dir jetzt auch, das ist das Beste, was dir passieren konnte.«

Ich weiß, das klingt gemein, und prompt schwappt der nächste Tränenschwall durch die Leitung. Aber alles ist genauso wie immer. Der Unterschied ist lediglich, daß die Affaire mit John bereits nach einem Vierteljahr vorbei ist, im Gegensatz zu dem Drama mit Gottfried. Das hat insgesamt drei Jahre gedauert, und ich habe die ganze Lovestory hautnah miterlebt. Vom ersten Kuß an sozusagen. Wie sie halt so anfängt, die Geschichte einer Beziehung mit einem verheirateten Typen. Frau weiß Bescheid, hat auch entsprechende Erfahrungen (welche Frau hat sie nicht?) und entsprechende Vorsätze. ›Ein verheirateter Mann? Niemals mehr! Kommt ja überhaupt nicht in die Tüte! Mit mir doch nicht! Das habe ich doch nicht nötig. Einmal in der Woche heimlich bumsen, und jedes Wochenende allein verbringen, Weihnachten und Silvester sowieso.‹ Und so weiter, und so weiter. Wer kennt sie nicht, die hohlen Sprüche der frustrierten Ex-Geliebten?

Viktoria klopfte dieselben. Vier Wochen lang. Am Stück, ununterbrochen. Schon damals wußte ich, was passieren würde. Und sie wußte es auch. Aber trotzdem ... Sie klopfte diese Sprüche von Anfang Juli bis Anfang August, dann klangen sie plötzlich ein wenig anders.

»Einmal mit Gottfried ins Bett gehen, warum soll ich mir das nicht gönnen? Der Körper braucht's.« Sie gab es ihm. Natürlich nicht nur einmal. Sie gab es ihm regelmäßig. Zwei- bis dreimal die Woche.

Gottfried hat es sehr geschickt angefangen, das muß man schon zugeben.

»Würdest du mich auch als armen Mann nehmen?« Er stellte diese scheinheilige Frage bei Kerzenlicht und Brunello, und ihre blauen Strahleaugen leuchteten überglücklich.

»Wie kannst du so was nur fragen!?« flüsterte sie hingebungsvoll.

Genauso war es, zumindest hat sie mir den Ablauf so geschildert, und ich glaube ihr auf's Wort, kann mir alles lebhaft vorstellen, so, als wäre ich zwischen den beiden am Tisch gesessen.

Jeder weiß, wie's weitergeht. Alle Geschichten mit verheirateten Männern sind gleich. Eine einzige Geschichte würde reichen. Man braucht nur Namen,

Datum und Schauplätze austauschen. Die Geschichte stimmt immer.
Es ging dann also so weiter, daß er ihr versprach, und das auch noch ganz freiwillig und ohne Aufforderung, sich von seiner Frau zu trennen. Aber, ist ja klar, das ginge nicht so einfach von heute auf morgen. Das brauche seine Zeit. Schließlich sei er seit fünfzehn Jahren verheiratet. Und seine Frau sei ja eigentlich kein schlechter Mensch. Eigentlich könne er ja gar nichts gegen sie sagen. Im Gegenteil. Fleißig, ordentlich, häuslich, sie koche gut, und das Abendessen stünde auch täglich pünktlich um achtzehn Uhr auf dem teuren Designertisch im Eßzimmer des nahezu vollständig bezahlten Eigenheimes. Nur bettmäßig, das sei natürlich nicht so das Gelbe vom Ei. Das sei ja überhaupt kein Vergleich zu Viktoria.
Viktoria vernahm es mit nur schwer zu versteckender Genugtuung. Sie würde ihn schon süchtig machen. Süchtig nach ihr und ihrem lustvollen Körper. Nahm sich's vor und wurde die perfekte Geliebte. Geduldig, immer gut drauf, ganz heiß im Bett und ganz cool, wenn er selbiges nach der angebrochenen Nacht verließ, um in das eheliche zu steigen.
Bis Silvester brauche er schon noch Zeit, sagte er im September. Viktoria fand, dieser Wunsch sei durchaus billig und bewilligte die Schonfrist für Gottfrieds Angetraute.

Am ersten Januar wurde die Frist natürlich prolongiert. Juni war das neue Datum. Gottfried mußte nämlich erst noch mit Gattin nach Spanien, Urlaub machen. Das habe sie schließlich verdient, nach all

den Jahren. Schon ein bißchen weniger verständnisvoll bewilligte Viktoria den neuen Termin. Und auch der platzte. Der nächste ebenso. Schon war wieder Silvester und Viktoria zum ersten Mal so richtig sauer, zeigte ihm das auch. Und da kamen auch zum ersten Mal erhebliche Differenzen bezüglich des gegenseitigen Verständnis-Potentials ans Tageslicht. Daß Viktoria jetzt anfing, etwas unwillig zu werden, dafür hatte Gottfried nämlich sehr wenig Verständnis. Milde ausgedrückt. Schließlich seien fünfzehn Jahre Ehe und das eigene Häuschen ja kein Pappenstiel. Nur im Namen der Liebe das alles einfach so hinzuschmeißen, das könne wohl niemand von ihm verlangen. Das alles müsse schließlich unter Abwägung aller positiven und negativen Konsequenzen betrachtet werden.
Natürlich wollte Viktoria ihn mit ihren egoistischen Forderungen nicht verprellen und verlängerte mal wieder. Nach vier Monaten schließlich beschloß er, sich doch nicht von seiner Frau zu trennen, sein Rechtsanwalt habe die finanziellen Folgen ausgerechnet und dringend von einer Scheidung abgeraten. Das war ein Schlag für Viktoria, aber nicht heftig genug, um ihn in die Wüste zu schicken. Sie liebte ihn ja schließlich, und er sie, wie er immer wieder betonte. Nur, eine Trennung, das würde er finanziell nicht überleben. Nach langem, intensiven Nachdenken und angesichts der Höhe des Zugewinnausgleichs sei er zu diesem Schluß gekommen. Aber er würde seiner Frau von Viktoria erzählen. Allerdings erst, wenn die Zeit dafür reif wäre. Wann das sei, das könne er allerdings noch nicht definitiv

bestimmen. Aber komme Zeit, komme Rat ... Danach machte Viktoria ungefähr dreimal Schluß und kippte dreimal wieder um.
Der aktuelle Stand der Dinge ist jetzt der, daß Gottfried sich in eine andere verliebt hat. Mit Herzklopfen und allem Drum und Dran. Seiner Frau habe er es auch schon gebeichtet, und diese habe spontan die Scheidung eingereicht. Alles das erzählte er Viktoria in seiner ihm eigenen Naivität, breit und ausführlich. Das tut weh. Das verstehe ich. Aber wie kann ich dieses Häufchen Elend am anderen Ende der Telefonleitung aufmuntern?
»Komm zum Essen!« – »Ich kann nichts essen«, würgt es durch den Hörer. »Dann besauf dich wenigstens. Ich hab Champagner und guten Chianti.« Schniefend, mit roten Glubschaugen läßt sich eine Dreiviertelstunde später ein weibliches Wesen auf dem Küchenschemel nieder. Irgendwie hat es Ähnlichkeit mit meiner Freundin Viktoria. Der wesentliche Unterschied ist der, daß Viktoria ein fröhliches, lebendiges und laut lachendes Weib ist. Doch hier auf meinem Schemel hockt ein trauriges, phlegmatisches, wortloses Etwas, aus dem kontinuierlich Flüssigkeit tropft – wie aus einem nicht ganz zugedrehten Wasserhahn.
»Spätestens in einem halben Jahr bist du froh, daß die leidige Sache mit Gottfried endlich zu Ende ist.« Ich versuche, sie aufzumöbeln. »Jetzt hast du Freiraum für einen anderen Mann. Gottfried wird sich nie von seiner Frau trennen, und seine neue Verliebtheit wird auch nicht lange anhalten. Vergiß ihn, und such dir einen ganz normalen Mann. Einen, der

schon mal verheiratet war, jetzt wirklich frei ist und weiß, daß eine glückliche Beziehung nicht einfach so vom Himmel fällt.«

»Jaja«, murmelt schniefend und teilnahmslos das Wesen auf meinem Küchenschemel, während ich ihm ein Glas Rotwein einflöße.

»Aber wo finde ich endlich den Mann, mit dem ich ne richtig normale Beziehung haben kann?« stammelt es zwischen kleinen Schluchzern. »Ich möcht endlich mal jemanden haben, mit dem ich gemeinsam einschlafen und aufwachen kann. Gemeinsames Wochenende und gemeinsamer Urlaub. Gemeinsam Einkaufen am Samstag, gemeinsam Kochen, gemeinsam Radfahren, gemeinsam Freunde besuchen. Und überhaupt ..., eben alles gemeinsam. Nicht allein oder mit dir oder anderen Freunden. Ich find es zum Kotzen. Warum ist alles nur so schwierig?«

Darauf habe ich auch keine Antwort und erzähle von Harry. Viktoria zieht die Nase hoch und meint skeptisch:

»Und du glaubst ihm?«

»Ich weiß nicht. Ich warte erstmal ab. Aber schön wär's schon. Ich mag ihn halt.«

»Männer! Alles Scheißtypen, Betrüger, Lügner, zu nix zu gebrauchen, außer zu dem einen. Und nicht mal dafür braucht man sie unbedingt, du weißt schon, was ich meine ...« Ihre Augen sind zwar immer noch verquollen, aber wenigstens grinst sie schon wieder.

An der Tür klingelt's. Davor steht ein junger Mann und hält mir einen riesigen Blumenstrauß vor die

Nase. Zwischen roten Rosen steckt ein Kärtchen. Drauf steht nichts, nur der Name Harry und daneben ein kleines Herz, schnell mit Filzstift hingekraxelt. In meinem Bauch grummelt's schon wieder.

13. Chip

Drei Wochen später ruft Harry an und lädt mich zum Abendessen ein. Nach der Vorspeise sagt er mit bedeutungsvoller Miene, während er sein Glas hebt:
»Es ist soweit.«
Ich überlege mir, ob ich mich blöd stellen soll, beschließe aber, es nicht zu tun, sondern sage: »Wenn ich dich richtig verstehe, ist Sonja ausgezogen.«
»Ja.«
Er schaut mich an, sagt sonst weiter nichts, ich schaue ihn an und sage auch nichts. Ich weiß nicht, was ich sagen soll, ich weiß nicht, wie ich das Gefühl in meinem Bauch beschreiben soll, diese Mischung aus Freude und Skepsis. Ich strecke einfach meine Hand zu ihm hinüber. Er greift sie, zieht sie erst an seinen Mund und legt sie dann an seine Wangen.
Dann ruft er den Kellner und bestellt zwei Gläser Champagner. »Auf die Zukunft!« Sein Glas klickt gegen meines, und die Nacht verbringt er natürlich bei mir. Ich liege in seinen Armen, er küßt mich leidenschaftlich, und während wir miteinander schlafen, flüstert er in mein Ohr, daß er sehr glücklich sei. Ich bin es auch.

Von da an sehen wir uns fast täglich, und ein Wunder ist geschehen. Harry sieht zwar noch aus wie Harry, in der äußeren Hülle steckt aber ein anderer Mann. Aufmerksam, liebevoll, zärtlich und mit durchgängig prächtiger Laune. Mir kommt die Verwandlung nicht geheuer vor. Seit zwei Jahren kenne ich einen komplizierten, kurz angebundenen Besserwisser, der alle Gefühle bestens an der Kandare hält, und ausgerechnet der verwandelt sich plötzlich in einen ausgelassenen, fröhlichen und witzigen Charmeur. Nach vier Wochen halte ich es nicht mehr aus und spreche ihn darauf an.

»Irgendwas stimmt doch nicht mit dir!«

»Was stimmt denn nicht?« Er schmunzelt und ich könnte schwören, er weiß, was ich meine.

»Ich komme irgendwie nicht damit zu recht, daß du plötzlich so nett bist.«

Noch während ich das sage, fällt mir siedendheiß auf, was für unbeschreiblichen Schwachsinn ich da von mir gebe. Ich bestätige doch tatsächlich die dümmliche Macho-These, daß Männer es Frauen grundsätzlich und niemals recht machen können. Sofort korrigiere ich meine Aussage.

»Ich meine natürlich, daß ich nicht so recht verstehe, warum du plötzlich so nett zu mir bist«, stottere ich herum. Oh Gott, was für einen granatenmäßigen Unsinn schwafle ich daher? Der zweite Satz ist ja noch schlimmer als er erste. Ich kann mir selber nicht zuhören.

Spätestens jetzt hätte er die perfekte Gelegenheit, mir in üblicher Manier eine reinzuwürgen. Aber er tut es nicht, nein, er lacht, legt seinen Arm um mich herum und gibt mir einen Kuß auf die Nase.

»Warum sollte ich denn nicht nett zu dir sein?«

Diese Frage läßt sich definitiv nicht beantworten.

»Ich wollte doch nur sagen, daß ich es einfach merk-

würdig finde, daß du plötzlich so anders bist. Dafür hab ich keine Erklärung.«
So. Etwas besser ausgedrückt, aber immer noch nicht auf dem Punkt. Was will ich mit meiner Quengelei eigentlich erreichen? Im Grunde will ich einfach nur hören, daß seine gute Laune daher kommt, weil er mich liebt und ich die tollste Frau der Welt bin. Ganz simples Strickmuster, es macht fast alle Frauen glücklich, aber das sage ich ihm natürlich nicht, weil Männer das nicht gern hören. Bis Männern das Wort Liebe über die Lippen huscht, muß viel passieren, und bei Harry noch mehr.
Er gibt mir einen Kuß und sagt: »Warum mußt du denn für alles eine Erklärung haben? Mach dir doch nicht so viele Gedanken, nimm es einfach so wie es kommt. Und wenn ich dir zu nett bin, dann sag es einfach!«
Das tue ich nicht und warte insgeheim darauf, daß es kracht. Denn an Wunder glaube ich nicht. Da glaube ich schon eher an die Geschichte von Dr. Jekyll und Mr. Hyde. Zu recht, wie sich bald herausstellt, anläßlich eines Abendessens mit einem alten Freund von ihm.
Der Freund heißt Jürgen. Zu dritt sitzen wir bei Harrys Stamm-Italiener und plaudern. Reden über unverfängliche Themen, lachen und scherzen, anschließend besuchen wir das Nachtcafé. Ich fühle mich rundum prächtig. Wir sitzen an der Bar, zu meiner Rechten Harry, zu meiner Linken Jürgen.
Zu fortgeschrittener Stunde sage ich zu Harry: »Du hast einen sehr netten Freund« und gebe Jürgen

einen Kuß auf die Wange. Er finde mich auch sehr nett, gibt dieser zurück.
Als Jürgen auf's Klo geht, verändert sich Harrys gute Laune schlagartig, und er sagt scharf :
»Am besten ist wohl, du übernachtest heute bei Jürgen.«
Ich verstehe überhaupt nichts und frage perplex:
»Was?«
»Wie du dich dem Mann an den Hals schmeißt, ist doch wirklich nicht mehr mit anzusehen. Fällt dir eigentlich nicht auf, wie du mich lächerlich machst?«
»Was mache ich?« Ich bin baß erstaunt und verstehe immer noch nichts.
»Das brauche ich dir nicht zu erklären, das weißt du wohl am besten!«
»Ich weiß echt nicht, was du meinst!« Ich bin total verdattert.
»Du weißt genau, was ich meine!«
»Nein, keine Ahnung. Wirklich!«
»Das macht die Sache noch schlimmer!«
Der alte Harry ist wiederauferstanden. Na, Gottseidank, da fällt mir doch ein Stein vom Herzen, ich hatte schon befürchtet, er habe einen bleibenden Schaden erlitten. Die verdächtige Harmonie war nur ein kurzes Zwischenhoch. Und trotzdem frage ich mich, was da passiert ist. Was habe ich getan? Habe ich überhaupt etwas getan? Das versuche ich herauszufinden, aber da kommt Jürgen zurück, und Harry lächelt wieder. Wir bleiben noch eine halbe Stunde in der Bar, dann verabschiedet sich Jürgen, Harry und ich fahren schweigsam nach Hause. Das

heißt, er lädt mich vor meiner Haustür ab und fährt weiter. »Gute Nacht«, das ist das einzige, was er sagt. Alles ist wieder so, wie ich es kenne. Ihm paßt etwas nicht, er macht aber nur diffuse Andeutungen, schiebt den Schwarzen Peter in meine Richtung und verschwindet.

Die Kommunikation ist auf dem Nullpunkt angelangt, die Laune auch. Und das Schlimmste ist, ich habe nur eine blasse Ahnung, was ich angestellt haben könnte. Es muß irgend etwas mit Jürgen zu tun haben. Vielleicht war's der harmlose Kuß, den ich ihm gegeben habe oder die Bemerkung zu Harry, daß er einen netten Freund habe. Wahrscheinlich beides. Ich habe den Hörer schon in der Hand, kann aber der Versuchung, ihn anzurufen, mit knapper Not widerstehen. Aus so einer lächerlichen Sache ein Drama zu machen, das wäre ganz falsch. Am besten nicht mehr darüber reden.
Am nächsten Morgen ruft Harry an und fragt, ob wir das Wochenende miteinander verbringen. Ich bin richtig froh. Das leidige Thema von gestern scheint erledigt zu sein.
Den Vormittag über arbeite ich, dann packe ich meine Sachen für's Wochenende, denn daß ich zu Harry fahre und nicht Harry zu mir, darüber gibt es gar keine Debatte. Harry ist doch nicht bekloppt und verbringt das Wochenende in der Stadt. Dazu ist die Luft zu schlecht und meine Wohnung zu klein für zwei Leute, sie hat nur hundert Quadratmeter, und Harrys Haus hat dreimal so viel. Also, keine Frage, ich packe alle notwendigen Klamotten ein, dazu

gehört auch der Kater. Kaum tauche ich mit dem Reisekorb auf, wittert er Unrat und rennt blitzartig in die hinterste Ecke der Wohnung. Ich renne hinterher, das ist falsch, jetzt weiß er definitiv, daß Verreisen angesagt ist. Er haßt Autofahren, und zwar seit damals, als ich ihn vom Tierheim geholt habe. Er war gerade sechs Wochen alt und so winzig klein, daß er locker zwischen meine Hände paßte. Auf der Fahrt vom Tierheim zu meiner Wohnung schrie der kleine Kerl ununterbrochen wie am Spieß, hechelte und hatte patschnasse Pfötchen vor lauter Streß. Diese Fahrt und die Erinnerung an das unbehagliche Tierheim stecken ihm wohl noch in den Knochen, und jedes Mal, wenn er aus irgendeinem Grund Auto fahren muß, vermutet er wahrscheinlich, daß es dahin zurückgeht. Mit gesträubtem Fell hockt er mißtrauisch in der Ecke. Nach einer halben Stunde hat er sich beruhigt und kommt vorsichtig angeschlichen. Diese Chance nutze ich, packe ihn beim Genick und stecke ihn in den Korb. Er jammert steinerweichend. Nutzt nichts. Wir fahren an den Ammersee, Harry wartet.

Unterwegs mache ich einen kleinen Umweg über den Viktualienmarkt und kaufe ein. Salat, Pilze, Frühlingszwiebeln, Eier, Brot, Fisch, ein halbes Kaninchen, geräucherten Schinken, fünf verschiedene Sorten Käse, Wurst, Oliven, Rotwein und eine Flasche Gewürztraminer. Ich befinde mich im kulinarischen Kaufrausch, habe vor, einen schlaraffischen Abend zu veranstalten. »Liebe geht durch den Magen«, unter diesem Motto will ich die entschwundene Harmonie wieder herbeizaubern.

Mit Reisetasche, Katzenkorb und Einkaufstüten bepackt stehe ich vor seiner Haustüre, er runzelt die Stirn und deutet auf mein Gepäck. »Was hast du denn alles dabei?« Ich antworte nicht.
In der Küche packe ich als erstes die Einkaufstüten aus, verteile die Köstlichkeiten erwartungsvoll auf der Anrichte und hoffe ein freudiges »Mmmhhhm!« Vergebens gehofft. Stattdessen: »Wer soll denn das alles essen, kommt noch jemand?«
Schon der zweite Rüffel. Ich sage immer noch nichts, sondern greife meine Reisetasche und frage:
»Wo kann ich denn meine Sachen hin tun?«
»Was für Sachen?«
»Klamotten und Kosmetikzeug.« Ich winke munter mit meinem Beutelchen, gefüllt mit diversen Cremes und Schminkzeug. Ich habe vor, in seinem Badezimmer ein Depot anzulegen. Dieses Vorhaben gefällt ihm gar nicht.
»Wir wollen doch lediglich das Wochenende miteinander verbringen«, meint er mißbilligend, »wozu bringst du deinen halben Hausstand mit?«
»Wenn dir alles nicht paßt, ist es wohl am besten, ich packe meinen Krempel wieder ein und fahre nach Hause!« Wütend pfeffere ich den Kosmetikbeutel zurück in die Reisetasche.
»Komm, mach jetzt nicht so einen Aufstand«, will er beschwichtigen, »war ja nicht so gemeint!«
»Wie war es denn gemeint?!« Ich bin nach wie vor aufgebracht.
»Wenn du schon nicht nach München kommen willst, dann kann ich wenigstens ein paar meiner Sachen hier lassen. Ich habe keine Lust, jedesmal

den halben Inhalt meines Badezimmes einzupacken und hin und her zu schleppen.«
Am liebsten würde ich heulen, stattdessen krakeele ich wütend in der Gegend herum. Ich weiß ganz genau, was da abläuft. Kaum ist er die eine los, nistet sich schon die nächste ein. Er kann zwar nicht allein sein, aber daß ich ihm mit Kater, Zahnbürste und Cremetöpfchen auf den Pelz rücke, das ist zuviel.
Trotzdem lamentiere ich weiter: »Ja, ja, ich versteh schon. Dusch mich, aber mach mich nicht naß. Was willst du eigentlich? Ich habe doch schon die ganze Zeit vermutet, daß irgendwas nicht geheuer ist. Kannst du mir mal sagen, warum du vier Wochen so sagenhaft nett warst und vor allem, warum du seit gestern wieder das alte Ekelpaket bist!« So, das bin ich los, am liebsten würde ich noch mit dem Fuß stampfen.
»Ja, das kann ich dir genau sagen. Ich wollte einfach mal sehen, wie es ist, wenn ich mich genauso verhalte, wie du es gern hättest. Es ist schon erstaunlich. Wenn man dir aus der Hand frißt, dir nicht widerspricht und alles so macht, wie du es erwartest, was übrigens nicht schwer ist, weil du leicht zu durchschauen bist, dann bist du total leicht zu handhaben. Man braucht einfach nur zu tun, was du willst, und alles läuft bestens. Aber ich bin nicht dein Lakei!«
Er macht eine Atempause, und ich fange gerade an: »Ich will gar keinen Lak ...«, als er weiter redet.
»Und was gestern betrifft, so kann ich es absolut nicht leiden, wenn meine Freundin sich an einen an-

deren Mann heranmacht. Und vor allem nicht an Jürgen, denn der schleppt alles ab, was gut aussieht und einen Rock anhat, vorzugsweise Damen, die mit mir befreundet sind.«
Ich tippe auf Verfolgungswahn und verteidige mich. Erkläre ihm, daß ich mich nicht die Bohne für Jürgen interessiere. Das glaubt er mir nicht, mein Verhalten sei eindeutig gewesen.
»Nur wegen des Küßchens auf die Wange?« frage ich.
»Nein, nicht nur deswegen!«
»Weswegen dann noch?«
»Wenn du das nicht weißt, dann wird es höchste Zeit, daß du mal darüber nachdenkst. Über dein Verhalten beispielsweise.« Er spricht in Rätseln.
»Wie habe ich mich denn verhalten, ich war doch nur freundlich!« verteidige ich mich weiter.
»So kann man es auch nennen!«
Ich merke, es ist hoffnungslos und beschließe, den Mund zu halten. Das ist auch wieder ein Fehler.
»Aha, dazu hast du nichts mehr zu sagen! Sehr aufschlußreich!«
Jetzt gehen meine Nerven mit mir durch. »Laß mich doch endlich in Ruhe mit deiner dämlichen Eifersucht!« brülle ich und fuchtle wild mit den Händen. Noch ein Fehler.
Denn jetzt lehnt er sich gemächlich in den Sessel zurück und sagt mit zufriedenem Lächeln: »Erstens bin ich grundsätzlich nicht eifersüchtig, und zweitens macht es überhaupt keinen Sinn mehr, mit dir zu reden, hysterisch wie du bist. Für mich ist das Thema beendet.« Dreht sich um, geht zum Sofa und schaltet

den Fernseher an. Es ist Samstag nachmittag, Zeit für die Sportschau. Menschenmassen grölen, Fanfaren lärmen, Harry sitzt vor der Glotze und futtert Erdnüsse – wie ein Schimpanse. Knackt sie mit Daumen, Zeige- und Mittelfinger, streift das rote Häutchen ab und schmeißt sich die nackten Nüßchen aus zwanzig Zentimeter Entfernung zielsicher in den Mund. Er macht das routiniert und ohne hinzuschauen, mit gleichmäßigen Bewegungen wie ein Automat. Zwischendurch brüllt er laut »Tor, Tor!« oder »Schiedsrichter an's Telefon!« und haut sich begeistert auf die Schenkel.

Unschlüssig stehe ich herum und überlege, was wohl besser wäre, hierzubleiben oder nach Hause zu fahren. Ich entscheide mich zwar für Letzteres, gehe aber trotzdem zum Sofa und frage: »Soll ich hierbleiben, oder ist es dir lieber, wenn ich gehe!«

»Das ist einzig und allein deine Entscheidung. Mach, was du willst.« Harry legt demonstrative Gelassenheit an den Tag und lächelt scheinheilig.

»Ich möchte aber gern wissen, was du willst«, beharre ich.

»Wenn ich möchte, daß du nach Hause gehst, dann werde ich es dir sagen. Darauf kannst du dich verlassen!«

Scheinbar emotionslos spricht der Vater in Richtung Fernseher, knackt mit einer lässigen Handbewegung die nächste Nuß, wirft sie sich in den Mund und brüllt: »Elfmeter!«

Es gibt keine vernünftige Erklärung dafür, warum ich kleinlaut in die Küche schleiche, um Gemüse für die Vorspeise zu putzen. Vorher ziehe ich mit lautem

Blopp den Korken aus der Flasche Gewürztraminer. Wenigstens schmeckt der Wein!
Nach einer Weile ziehen verlockende Düfte durch die Wohnung, Harry sitzt wie festgeklebt auf dem Sofa und schaut nach wie vor fern. Erst als das Essen auf dem Tisch steht, die Kerzen brennen und ich ihn rufe, erhebt er seinen Hintern und erscheint gnädig am Eßtisch.
»Mmmmhhm, das sieht aber lecker aus!« Mich laust der Affe, Harry sagt doch tatsächlich was Nettes! Aber die Vorspeise sieht wirklich sehr gut aus, und genauso schmeckt sie auch. In Scheiben geschnittene Avocado mit Rucolasalat, oben drüber eine Vinaigrette, dann geriebener Parmesankäse, klein geschnibbeltes Basilikum und ganz zum Schluß geröstete Pinienkerne. Das Ganze habe ich erfunden, und ich bin ziemlich stolz darauf.
Als Hauptspeise serviere ich gratinierte Kartoffeln und Kaninchen und bin ausgesprochen erleichtert, daß Harry auch dieses Gericht mundet. Der Rotwein löst seine Zunge nebst Gemüt, allmählich wird er fröhlich, macht nette Witzchen und kichert amüsiert vor sich hin. Na also, dann ist ja alles wieder gut. Wir schauen noch ein bißchen fern, gehen nach dem Spätfilm ins Bett und schlafen miteinander. Danach dreht er sich um, nach fünf Minuten schnarcht er. Neben meinem Kopf liegt der Kater, statt an Harry kuschle ich mich an ihn und stecke meine Nase in sein weiches, wohlriechendes Fell.

Am Sonntag scheint die Sonne, und Harry meint während des Frühstücks:

»Was hältst du davon, wenn wir nachher auf den Golfplatz gehen. Da kannst du mal probieren, ob du den Ball triffst.«
Gute Idee, finde ich, und selbstverständlich würde ich den Ball treffen, was denn da Besonderes dran sei.
»Das wirst du schon noch sehen«, er grinst, und am späten Vormittag fahren wir zu seinem Golfclub.
Er zieht sich die Schuhe mit den Metallspießchen an, setzt sein Golfbag auf den kleinen Wagen, und wir streben der Driving Range zu. Mit leicht gegrätschten Beinen und entenmäßig nach hinten geschobenem Hintern stehen dort bereits eine Menge Menschen und schwingen den Schläger. Bei manchen sausen die Bälle weit, hoch und gerade, bei anderen hoppeln sie ein paar mickrige Meter nach links oder nach rechts, und bei wieder anderen bewegt sich außer rausgeschlagenen Rasenstückchen gar nichts. So einfach scheint es doch nicht zu sein. Mutig greife ich zum Schläger.
Erst erklärt mir Harry, wie ich stehen muß, dann wie ich den Schläger halten soll und letztendlich, wie ich ihn schwingen muß. Ich soll erst ein bißchen üben ohne Ball. Das finde ich zwar ziemlich blöde, tue es aber trotzdem. Ist doch ganz einfach, hinstellen, Schläger zwischen beide Hände nehmen, nach rechts oben ziehen und dann nach links vorn durchschwingen. Kinderspiel! Nach einem Dutzend bestens gelungener Probeschwünge bestehe ich darauf, mit Ball zu spielen und haue drauf. Wusch!!! Nicht getroffen! Harry quietscht vor Freude.
»Siehst du, ich hab dir doch gesagt, so einfach ist es nicht.« Er feixt, und ich probier's gleich nochmal.

Dieses Mal bewegt sich der Ball, er kullert ungefähr zwei Meter weit. Der dritte Versuch ist ein Querschläger, der Ball spritzt nach rechts, haarscharf auf die Lenden eines Mannes zu, der ein paar Meter weiter steht und wie vom Faden gezogen einen Ball nach dem anderen ins blaue Nirwana schlägt. Erschreckt schlenkert er mit den Hüften, droht grinsend mit dem Zeigefinger und ruft: »Vorsicht, junge Frau, wenn Sie treffen, könnte Ihnen das noch irgendwann leid tun!«

Da hat er nicht unrecht. Denn er sieht aus wie der Bruder von Robert Redford, und wie sich die Sache mit Harry entwickelt, das steht in den Sternen.

Ich haue weiter auf den Ball. Irgendwie muß es doch zu schaffen sein, ihn weiter als ein paar Meter zu bewegen. Harry steckt ein Holzstöckchen, das sogenannte Tee, in den Rasen und legt den Ball drauf. Den Schlag vom Tee macht man später, wenn man den Ball endlich so trifft, daß man auf den Platz darf, bei den Abschlägen. Denn bei denen kommt es darauf an, den Ball so weit wie möglich in Richtung Grün zu befördern. Und wenn er auf dem Stöckchen liegt, trifft man ihn besser, und er fliegt weiter.

Harry hatte recht. Es ist verdammt schwierig. Trotz Stöckchen treffe ich von ungefähr dreißig Bällen gerade mal zwei so einigermaßen. Die anderen hoppeln träge ein paar Meter, und das war's. Neidisch schaue ich Redfords Bruder zu. Es ist nicht zu fassen, er trifft jeden Ball. Ganz lässig schwingt er nach oben, läßt den Schläger sausen, klack macht's, und weg ist der Ball.

Ich fordere Harry auf, mir doch mal zu zeigen, was

er denn so zu bieten hat. Prompt stellt er sich hin, streckt den Po nach hinten, geht leicht in die Knie, nimmt den Schläger in die linke Hand, legt die rechte drauf, peilt den Ball an, zieht den Schläger nach oben, läßt ihn zischen, und schon bewegt sich der Ball, schlappe zehn Meter weit, nach links. Ein schadenfrohes Grinsen kann ich mir nicht verkneifen. Er hüstelt verlegen und probiert's nochmal. Schon besser, fünfzehn Meter.

»Ich bin heute nicht in Form«, rechtfertigt er sich.

»Das sieht man«, stimme ich ihm zu.

»Komm, wir gehen«, schlägt er nach mehreren, ähnlich erfolglosen Versuchen vor. Das ist typisch Harry, Niederlagen kann er nicht ertragen. Sobald seine Leistungen nicht Topqualität aufweisen, ist er unzufrieden. Scheint ein männliches Charakteristikum zu sein. Männer sind einfach ehrgeiziger und können Schlappen nur schlecht wegstecken. Diplomatische Frauen gehen darüber dezent hinweg. Ich bin keine diplomatische Frau.

»Du bist doch nur frustriert, weil du auch keinen Ball triffst. Laß uns doch noch hier bleiben.«

»Ich bin überhaupt nicht frustriert!«

»Das sieht doch ein Blinder!«

»Und selbst, wenn ich es wäre, wüßte ich nicht, was es dich angeht. Du hast nicht über meinen Gemütszustand zu befinden.«

»Oh, Entschuldigung, Eurer Ehren!«

Es eskaliert schon wieder. Mein Gott, ich faß es nicht. Solche Dialoge habe ich in meinem ganzen Leben noch nie geführt.

Harry besteht darauf zu gehen, und da ich die Angelegenheit nicht auf die Spitze treiben möchte, willige ich ein. Redfords Bruder winkt zum Abschied mit dem Schläger und schießt wieder einen Ball in Richtung Sonne.

Auf dem Parkplatz wirft Harry sein Bag ins Auto, wechselt die Schuhe, und wir fahren wortlos zu ihm nach Hause. Das war ja wieder ein gelungener Tag! Ich packe meine Sachen ein, auch mein Kosmetikdepot, verstaue mühsam den Kater wieder in den Korb und fahre nach München. Während der ganzen Fahrt miaut er erbarmungswürdig und läßt sich zu Hause erleichtert auf das Sofa plumpsen. Ich plumpse daneben, trinke ein Glas Wein, knabbere Kartoffelchips und schalte den Fernseher an.

Lindenstraße läuft. Mann und Frau diskutieren über einen Vorfall bei der Geburtstagsfeier vom Vortag. Sie scheint mit einem Nachbarn geflirtet zu haben, denn das wirft er ihr zornig vor. Sie beteuert, das sei überhaupt nicht der Fall gewesen und meint, er rede sich was ein. Ob sie ihn denn für total verblödet halte, fragt er aufgebracht, schließlich habe er Augen im Kopf. Nach längerem hin und her stößt sie ganz genervt hervor: »Ach, es ist doch sinnlos, dir was zu erklären. Du willst ja gar nicht wissen, was ich meine, du willst einfach nur recht behalten.«

Das kommt mir irgendwie bekannt vor. Aber Lindenstraße ist ja eh eine schwachsinnige Sendung und hat mit dem realen Leben absolut nichts zu tun. Das jedenfalls meint Harry, und Harry hat immer recht.

14. Putt

In den folgenden Wochen ist die Beziehung mit Harry nach wie vor ziemlichen Schwankungen unterworfen. Mal läuft alles ganz zufriedenstellend, mal läuft absolut nichts. Er meint, es liege an mir, ich meine, es liege an ihm. Vor allem sind es Kommunikationsprobleme, davon bin ich überzeugt. Permanente Mißverständnisse. Und daß er mich nicht versteht, liegt daran, daß ich mich nicht klar und eindeutig ausdrücke, meint Harry. Ich frage meine Freunde, und die meinen, daß ich zu den wenigen Menschen gehöre, die sich ganz besonders klar ausdrücken können, manchmal eher zu klar. Das berichte ich Harry anläßlich eines Abendessens, das ausnahmsweise in meiner Wohnung stattfindet. Er hatte in München zu tun, und da bietet es sich förmlich an. Ja, Harry ist ein sehr pragmatischer Mann.

»Nur weil deine Freunde sagen, daß du dich klar und eindeutig ausdrückst, ist das noch lange kein Beweis dafür, daß ich nicht recht habe. Vielleicht machst du es bei denen ja tatsächlich, bei mir auf alle Fälle tust du es meistens nicht.« Peng!

Seine Worte kommen wie aus der Pistole geschossen, und weil es ziemlich schwierig ist, spontan das Gegenteil zu beweisen, verschiebe ich das, bis sich eine gute Gelegenheit ergibt. Irgendwann wird sie schon kommen. Man muß nur Geduld haben. Das sagte schon meine Mutter, die hatte auch jede Menge Geduld mit meinem Vater. Genutzt hat es offengestanden nichts. Aber ich werde es natürlich anders machen, schließlich bin ich nicht so ein gutmütiger Trottel wie sie. Ich zeige den Menschen die Zähne, nur bei Harry halte ich öfter den Mund, das ist taktisch einfach besser, weil er mir rhetorisch haushoch überlegen ist, das muß man ihm lassen. Er könnte jederzeit in die Politik gehen, weil er Weltmeister im Rabulisieren ist und einen mit wenigen Argumenten davon überzeugt, daß ein Wal fliegen kann. Das ist ganz einfach und geht so: Eine Fledermaus kann fliegen, und eine Fledermaus ist ein Säugetier. Ein Wal ist auch ein Säugetier, und deshalb kann ein Wal auch fliegen. Ist doch logisch!

So ähnlich argumentiert Harry grundsätzlich, und am besten ist, sich gar nicht darauf einzulassen, weil man sowieso keine Chance hat. Sich mit einem Rabulisten anzulegen ist der pure Masochismus, weil man ihm gegenüber keine Argumente hat, denn der Rabulist argumentiert nur scheinbar logisch und dreht einem meisterlich die Worte im Mund herum. Man kann ihn deshalb nur mit seinen eigenen Waffen schlagen. Das aber erfordert spitzfindiges Denkvermögen, und über das verfüge ich leider nicht. Das kann man auch nur mühsam erlernen, denn es ist eine Wissenschaft für sich. Manche Menschen allerdings haben es wie andere die Fähigkeit zu malen. Und Harry hat eben die Fähigkeit zu rabulisieren. Nun gut, es gibt schlimmere Eigenschaften, aber einfach ist es nicht mit so einem Menschen. Gut ist, daß das Einfache mich schon immer gelangweilt hat. Ich liebe die Herausforderung, und Harry ist die personifizierte Herausforderung. Also liebe ich Harry, ist doch logisch!

15. Flight

Viktoria ruft mich an und unterrichtet mich darüber, daß sie nach Fuerteventura fliegt. Mittlerweile macht sie nicht nur Übersetzungen, sondern schreibt auch Artikel und Reportagen für Zeitschriften. Und auf Fuerteventura macht ein Guru eine spezielle Art von Kommunikationstraining. Nach einer Woche können alle Teilnehmer ganz prima kommunizieren. Vorbei ist die Zeit der Mißverständnisse, hoffnungsloser Dialoge und nervenzerfetzender Diskussionen. Nach einer Woche ist man dem Geheimnis des erfolgreichen Umgangs miteinander auf die Schliche gekommen, und das ganze Leben ist nur noch halb so schwierig. Das klingt verlockend, Viktoria soll darüber schreiben, und ich frage, wie und wo man sich anmelden kann. Diese Woche brauche ich dringend. Die Kommunikation mit Harry ist so vertrackt, da muß einfach was passieren.

Drei Wochen später, morgens um halb sieben. Ich hüpfe aus dem Bett, koche Tee und trödle in der Wohnung rum. Noch eineinhalb Stunden Zeit, dann fährt die S-Bahn zum Flughafen. Da ich noch nicht gepackt habe, aber nichtsdestotrotz weiter rumtrödle, verpasse ich natürlich die S-Bahn, muß ein Taxi nehmen, und komme eine schlappe Stunde zu spät an, denn ganz München ist aufgrund Eisregens eine einzige Schlittschuhbahn. Ich lasse mich zuerst zum Terminal 1 fahren, wo die Linienflüge starten. Leider habe ich aber keinen Linien-, sondern einen Charterflug, muß also zu Terminal 2. Nochmal ins Taxi. Statt zehn vor neun, komm ich zehn nach zehn endlich an. Am vereinbarten Treffpunkt ist natürlich keiner mehr, aber das Schicksal meint es gut mit mir und schickt mir auf direktem Weg Viktoria vor die Füße, die vorwurfsvoll durch die Halle plärrt: »Menschenskind, wo bleibst du denn, immer das gleiche Theater mit dir!« Aufgelöst schleppt sie mich zum Schalter.

Bei Winterwetter fliegen wir los, bei lauem Frühlingswetter kommen wir an. So um die zweiundzwanzig Grad hat es, wir werden von einem leicht antiken Bus abgeholt und klappern über die Insel. Von der Ost- zur Westseite. So was karges wie Fuerteventura habe ich noch nie gesehen, und je weiter wir klappern, desto karger wird die Gegend. Riesige, gemütlich runde Erdverschiebungen liegen wie schlafende Elefanten auf der ganzen Insel herum. Braun, schwer und behäbig. Zwischendurch, ganz überraschend in dieser Einöde, ab und zu ein grünes Fleckchen, hie und da auch ein paar Bäume oder eine importierte Palme. Ansonsten ist alles braun. So grau-beige-braun.

Wir haben die Insel überquert, und vor uns liegt eine kleine Appartment-Anlage. Weiße Mauern, mühselig angekarrtes Grün und keine Menschen, bis auf die, die sich um die Anlage kümmern und ein altes Ehepaar, das dem deutschen Winter entflieht. Hier werden wir die nächsten acht Tage verbringen. Jeder hat ein Einzelzimmer, ich stehe auf meinem Balkon und schaue aufs Meer. Außer dem Rauschen ist nichts zu hören. Ungewohnte, fast beängstigende Stille. Ein eigenartiges Gefühl der Einsamkeit strömt ganz langsam durch meinen Körper, ich denke an Harry.

Zum Frühstück gibt es statt Kaffee, Semmeln und Wurst und Käse ausschließlich Fruchtsäfte und Obst, und anschließend führt uns Johannes, so heißt der Guru, in den Seminarraum. Jeder, der schon mal ein Seminar mitgemacht hat, weiß, wie Seminarräume normalerweise aussehen. Irgendwo in einem stereotypen Hotelklotz befindet sich eine Ansammlung hellgrauer Resopaltische, mit dunkelgrauem oder schwarzem Leder bezogene Stahlrohrstühle, Overhead-Projektor, hellgraue Systemwände aus Kunststoff, beige Lamellenvorhänge, die den Blick nach draußen hermetisch abschirmen, dafür auch kein Licht hereinlassen, was man auch nicht braucht, weil schließlich genügend Neonröhren die farblose Herrlichkeit bis ins letzte Winkelchen bestens ausleuchten. Das Ganze ist neutral bis steril und natürlich Absicht, um die Aufmerksamkeit der Teilnehmer nicht abzulenken, sondern auf das Wesentliche zu konzentrieren, und das ist der Trainer. Dessen Outfit paßt in den meisten Fällen hervorragend zum Ambiente und besteht aus grauem, dunkelblauem oder sonstwie tristem Anzug, Hauptsache, das Auge wird nicht durch irgendwelche Farbtupfer irritiert, so daß sich die Teilnehmer in vollem Umfang den inhaltsschweren Ausführungen des Meisters widmen können. Man mag mich jetzt der allgemeinen Verunglimpfung von Trainern und Seminarräumen bezichtigen, aber so ist halt meine Erfahrung. Gewesen, bis jetzt.

Der Seminarraum hier ist ein weißes Häuschen. Außen weiß, innen auch. Keine Tische, keine Stühle, stattdessen rosarot bezogene Schaumstoffmatratzen. Statt Overheadprojektor ein riesiger bunter Blumenstrauß in einer gläsernen Kugelvase mitten auf dem Terracottafußboden. Statt hellgrauer Systemwände weiß gekalkte Backsteine, und statt Lamellen jede Menge Aussicht auf blauen Himmel oder türkisfarbenes Meer, je nach Perspektive. Wenn man steht, sieht man das Meer und die Wellen, die träge an die Steilküste schwappen, liegt man auf der Matratze, kann man die Schäfchenwölkchen am Himmel zählen. Soviel zum Seminarraum.

Der Trainer ist ein riesiger, asketisch schlanker Mensch um die fünfzig, mit weißem Haarschopf, weißem, kurz geschorenen Vollbart, weißen Hosen, weißem Hemd und hellblauem Baumwollschal, lässig um den Hals drapiert. Er paßt perfekt in die Landschaft. Barfuß kniet er im Schneidersitz neben dem Blumenstrauß und begrüßt uns mit einer devoten Bewegung seines Kopfes und sagt knapp: »Ich heiße Johannes, und wir werden die nächsten Tage miteinander verbringen.«

Dann teilt er uns mit, daß eine Gemeinschaft ohne Verhaltensregeln unweigerlich im Chaos enden muß und er deshalb als tragende Grundlage für die kommenden Tage Spielregeln ausgearbeitet hat, zehn Stück insgesamt. Er will sie uns zwar nicht aufdrängen, aber trotzdem empfiehlt er uns, sie zu akzeptieren. Die Erfahrung habe gezeigt, daß das für alle Beteiligte das Beste sei.

Wir vereinbaren also unter anderem, daß wir uns

duzen, nicht über den Job und andere Teilnehmer reden, ohne Uhr leben und trotzdem immer pünktlich sind, nicht Radio hören oder fernsehen, nicht schwindeln, keinen Alkohol trinken (schöner Mist, wo ich so gern Wein trinke), keine Interna nach außen tragen, uns bei der Gruppenarbeit voll engagieren, und vor allem, daß wir die Spielregeln einhalten. So total happy mit diesen Regeln ist keiner, glaube ich.
Das Mittagessen ist wieder sehr frugal, es gibt Gemüse, Kartoffeln und Salat, und das wird die ganze Woche so bleiben, wir werden vegetarisch gefüttert. Das sei gut für den Geist, sagt Johannes. Prima Aussichten!
Nach dem Essen geht es so richtig los. Jeder muß die Probleme aufschreiben, die ihn zur Zeit am meisten beschäftigen. Dann müssen wir mit einer Punkteskala von null bis zehn bewerten, wer schuld ist an diesen Problemen. Zehn Punkte heißt, einzig und allein ich bin dafür verantwortlich, null Punkte bedeuten, ausschließlich andere sind es.
Da ich ja ein kluges Kerlchen bin, brauche ich nicht lange zu grübeln, sondern mir wird ziemlich schnell klar, daß für meine Probleme natürlich kein anderer als ich zuständig sein kann. Stolz auf diese Erkenntnis, trage ich überall zehn Punkte ein. Ich habe was begriffen. So schnell schon! Ich bin freudig erregt. Das bedeutet ja, daß ich alles selbst im Griff habe, meine Probleme alle selbst lösen kann – ich muß nur wollen. Angesichts meines Hauptproblems schlägt mein Herz nochmal so schnell, denn es heißt natürlich Harry. Harry, den ich schrecklich gern mag, mit dem aber alles schwierig ist. Aber jetzt ist mir plötz-

lich glasklar, daß ich es in der Hand habe, etwas Positives draus zu machen. Wow, das sind tolle Aussichten! Ich hab's ja gewußt, das Seminar bringt's. Bereits nach einem Tag geht mir ein wichtiges Licht auf!

Zum Abendessen kredenzt der Küchenchef deliziöse Pellkartoffeln mit Knoblauchmayonaise und einer riesigen Schüssel Salat. Auch das Mineralwasser mundet hervorragend, und um zehn Uhr liege ich im Bett. Während draußen leise die Wellen an die steinige Küste schwappen, denke ich an Harry und schlafe allmählich ein.

Halbacht am nächsten Morgen. Johannes weckt uns mit einem lauten Gong, weil wir ja keine Uhr haben. Frühsport. Übermütig wie die Kinder toben wir um das Schwimmbecken herum. Lachen, hüpfen, rennen, schreien- und wecken das ältere Ehepaar, das entrüstet und kopfschüttelnd seine Köpfe aus dem Schlafzimmerfenster streckt, auf seiner Ruhe besteht und uns auf die wichtige Tatsache hinweist, daß wir uns nicht in einem Kindergarten befinden.

Mit jeder Menge Frühstücksobst im Bauch liegen wir um halb neun auf den Matratzen im Seminarraum und harren der Dinge, die da kommen. Gruppen werden gebildet. Wir besprechen unser Problem-Chart. Ziel: Hinter jedem Problem müssen zehn Punkte stehen. Bei mir ist das kein Problem, bei mir stehen sie bereits. Bei Martin stehen sechs Punkte, und bei Michael ist es ganz fatal. Hat er doch bei einigen Problemen lediglich eine Null stehen. Das wird eine harte Nuß!

Kurz vor dem Mittagessen ist es soweit, nach mühseligen Diskussionen hat jeder begriffen, daß er seine Probleme selbst produziert hat. Zumindest steht hinter sämtlichen Problemen die Zahl zehn.
Johannes strahlt, wir strahlen auch, solche einschlägigen Erkenntnisse in so kurzer Zeit, wer hätte das gedacht?!

Am Nachmittag machen wir per Bus einen Ausflug auf die andere Seite der Insel. Dort angekommen, fragt Johannes, ob wir bereit seien, ein Experiment mitmachen. Einverstanden. Nach ein paar Kilometern halten wir an. Er winkt Bernd aus dem Bus und redet draußen ganz kurz mit ihm, während er mit der Hand in eine Richtung deutet. Bernd schaut in die Richtung, nickt mit dem Kopf und marschiert los. Wir schauen verwundert ihm hinterher. Johannes steigt wieder ein, sagt kein Wort, und wir fahren weiter. Nach ein paar Kilometern hält der Bus wieder, Johannes winkt Doris aus dem Bus, spricht mit ihr, deutet in eine Richtung, und Doris geht artig von dannen. Dann, wieder ein Kilometer weiter, das gleiche Spiel mit Phil, ein Weilchen später mit Martin, Michael, Florian, Stefan und Elke. Jeder wird ausgesetzt. Allein. Schließlich sitzen lediglich Viktoria und ich noch im Bus. Und rätseln. Ohne Ergebnis. Dann bin ich dran. Johannes winkt mich raus und deutet auf die Stadt, sie liegt ungefähr fünf Kilometer entfernt, die Silhouette ragt in den grauen Horizont. Dorthin solle ich jetzt gehen, nach dem Café Paris suchen, um fünf Uhr dort sein, und vor allem soll ich etwas mitbringen, etwas, das einen ge-

wissen Wert darstelle. Ich dürfe aber nicht stehlen, und meinen Geldbeutel müsse ich im Bus lassen. Aha! Wozu denn das gut sei, frage ich, leicht unwillig. Experiment sei Experiment, antwortet er und grient blöde.
Da stehe ich. Im wahrsten Sinn des Wortes im Regen. Denn es fängt gerade an, warm auf mich runterzurieseln. Meine Stoff-Latschen sind genau das richtige Schuhwerk für ein solches Unternehmen. Aber durch solche lächerlichen Widrigkeiten laß ich mich nicht unterkriegen. Erstmal jogge ich über Stock, Gebüsch und Stein, mein Ziel ist die Straße in Richtung Stadt. Ich bin doch nicht so bescheuert und laufe zu Fuß dort hin. Nein, ich mache Autostopp. Beim dritten Versuch klappt es. Ein kleiner Lastwagen fährt mich mitten ins Zentrum. Aber jetzt geht's ja erst richtig los, ich muß etwas besorgen und habe keine Ahnung, was es sein könnte. Schließlich komme ich auf die Idee, in irgendeinen Laden zu gehen, mir was zu borgen, zu leihen, als Pfand würde ich meine Goldringe hinterlegen. So wie ich aussehe, habe ich die besten Chancen! Verdreckte Stofflatschen, rosarote Gymnastikhose, regennasses T-Shirt, vertrauenswürdig sehe ich nicht gerade aus, und im ersten Laden schütteln sie nur den Kopf, abgesehen davon verstehen sie kein Englisch, und Deutsch erst recht nicht. Na, das kann ja heiter werden, aber ich lasse mich nicht verdrießen.
Vor meiner Nase taucht ein Laden mit schönen, großen, handgearbeiteten weißen Tischdecken auf. Nichts wie rein. Und wie es das Schicksal so will ..., der Inhaber spricht fließend deutsch. Er habe einige

Jahre in Düsseldorf gearbeitet, als Kellner, so berichtet er. Ich erkläre ihm, was Sache ist, und während ich so rede, wird mir überhaupt erst klar, wie unglaubwürdig die Geschichte klingt. Der Mann hat darüber wohl eine andere Auffassung, denn er nickt mit dem Kopf, lacht und meint, ich solle mir aussuchen, was ich mag. Ich staune und frage ihn, warum, und er sagt, weil er mir vertraut. Ich fasse es nicht. Hah, Vertrauen hat also nichts mit schicken Klamotten zu tun. Ich wußte es doch immer schon, ein Blick in die Augen genügt. Mit Tischdecken im Wert von sechshundert Mark tauche ich triumphierend beim Treffpunkt auf.

Als wir dann endlich alle beieinander sitzen, erklärt Johannes den tiefen Sinn der Übung. Der ist für jeden anders, weil jeder die Aufgabe mit seiner persönlichen Problematik gelöst hat. So hat Frank beispielsweise beschlossen, diesen ›Schwachsinn‹ gar nicht mitzumachen und es stattdessen vorgezogen, Kaffee zu trinken. Johannes gratuliert ihm, weil Frank andauernd macht, was andere von ihm wollen. Auch wenn er gar keine Lust dazu hat. Ich will von Johannes wissen, was mir die Übung denn sagen will. Das soll ich selber herausfinden, meint er. Ich strenge mein Hirn an und bin dann ganz entzückt über die Lösung. Denn ich lerne aus der Übung, daß Menschen mir vertrauen, und zwar unabhängig von meinem Outfit. Ich brauche nur meine Persönlichkeit spielen zu lassen. Das gefällt mir, zumal ich ja immer schon wußte: Äußerlichkeiten sind eben Äußerlichkeiten und daher nebensächlich. Harry hat diesbezüglich allerdings eine andere Meinung. Harry ist sehr darauf bedacht, Konventionen zu entsprechen, um einen guten Eindruck zu hinterlassen, damit niemand eine schlechte Meinung über ihn hegen kann. Einer von Harrys Lieblingsrüffeln ist deshalb »das macht man nicht«. Dieser Satz hat mich als Kind schon nicht beglückt. Aber damals habe ich wenigstens eine einigermaßen plausible Erklärung dafür bekommen.

Bei Harry allerdings ist das anders. Er meint, der Rüffel allein reiche und beantwortet mein »warum« konsequent mit »weil«. Und so weiß ich mittlerweile, daß man sein zweites Glas Wein erst dann bestellt, wenn das erste leer ist, Salat niemals mit Fingern ißt, eine Dame (!) in der Öffentlichkeit keine unanständigen Witze erzählt, Menschen, die man erst ein paar Stunden kennt, nicht sagt, daß man sie sympathisch findet, sonntags nicht den ganzen Tag fernsehend im Bett rumhängt, nicht von heute auf morgen seine Meinung ändert, Freunden keinesfalls von Beziehungsproblemen erzählt, in einer öffentlichen Versammlung dem Redner nicht seine eigene Meinung mitteilt, und daß man grundsätzlich immer und überall seine Gefühle im Zaum hält. Einzige Ausnahme ist Sex, dort ist es angebracht, aus sich rauszugehen, aber sonst ist es wichtig, daß ein Mensch sich normal verhält, und was normal im Einzelfall bedeutet, bestimmen Harry und die Konventionen. Hah, ich werde ihm von meinem hervorragenden Erlebnis erzählen, und die Zeiten des kategorischen »das-macht-man-nicht« sind ein für alle mal vorbei. Bei diesem Spruch werde ich in Zukunft nur noch souverän lächeln. Jawoll!

Zum Abendessen gibt es gegrilltes Gemüse mit Knoblauchmayonnaise und Tomatensalat. Ich sehne mich nach einem dicken Steak, von einem Glas Rotwein gar nicht zu reden.

Das Seminarthema des nächsten Tages lautet: Spielräume. Ziemlich schnell erkennen wir alle, daß Spielräume außerordentlich wichtig sind. Für jeden. Und was mich betrifft, so fällt mir auf, daß ich mich auf einem üblen Ego-Trip befinde. Und daß meine private Beziehung auf dieser Basis ja gar nicht funktionieren kann. Im Zeitraffer rasen unangenehme Situationen mit Harry vor meinem geistigen Auge vorbei. Mein Gott, was mache ich da dauernd für einen Mist! Stehe da wie ein kleines zorniges Kind und erwarte, daß er genau das macht, was ich will. Jetzt, in diesem Moment. Ohne Rücksicht auf seine Spielräume. Mein Bedürfnis geht vor. Immer. Oh je, oh je. Viele gute Gedanken flitzen übers Mittelmeer in Richtung Ammersee. Und meine Vorsätze wachsen und wachsen.

Das Seminarthema des vierten Tages heißt: Willenskraft. Mittlerweile versteht sich fast von selbst, daß Johannes uns nur noch mit einem Wort zu konfrontieren braucht, und schon wissen wir, wohin der Hase läuft. Das Prinzip ist ganz simpel, wir müssen eigentlich nur das Gegenteil von dem tun, was wir bisher getan haben, und schon funktioniert alles bestens. So ist das auch mit der Willenskraft. Wir hatten sie zwar immer schon, aber natürlich lag sie meistens brach oder wurde nur bruchstückhaft ge-

nutzt. Was für ein sagenhaftes Potential da in uns ruht, wird uns erst jetzt klar. Wir müssen nur ganz eindeutig festlegen, was wir wollen und es dann tun. Und ich erkenne, daß ich oft das Gegenteil tue von dem, was ich eigentlich tatsächlich will. Da brauche ich mich nicht zu wundern, daß ich oft so unzufrieden bin und Harry das dann ausbaden muß. Der arme Kerl. Die Erkenntnis ist sensationell! Das sagen auch die anderen, und in Zukunft werden wir alle alles ganz anders machen. Jawoll, das steht fest, für jeden von uns!
Jetzt fordert Johannes uns auf, ohne lange zu überlegen so viel positive Begriffe wie möglich aufzuschreiben. Das fällt jedem ganz leicht, und die Stifte flitzen nur so über's Papier. Nach den positiven Begriffen folgen die negativen. Jetzt sind die Stifte erheblich langsamer. Jeder sitzt da und grübelt. Letztendlich ist das Verhältnis im Durchschnitt drei zu eins. Johannes erklärt das Phänomen. In einer positiven Grundstimmung denkt man positiv, in einer negativen Grundstimmung denk man negativ. Klingt profan, aber wenn man sich dessen erst mal bewußt ist, weiß man, was für eine Tragweite das in sich birgt. Und mir fällt auf, in welch negativer Grundstimmung ich Harry oft gegenübertrete. Der bedauernswerte Mensch hat ja dann gar keine Chance! Der Sack mit meinen Vorsätzen wird mit jedem Tag praller, und mein Leben wird vollkommen anders werden.

Der letzte Tag ist Feier-Tag. Wir feiern unsere umwerfende Bewußtseinsveränderung, und auf den

Tischen in unserem kleinen Restaurant stehen statt der bisher üblichen profanen Wasserflaschen bauchige Karaffen, bis zum Rand gefüllt mit rotem und weißem Wein. Der drahtige, schwarzhaarige Kellner balanciert vergnügt eine riesige Platte aus der Küche und läßt sie auf den Thresen gleiten. Es verschlägt uns fast den Atem, und sprachlos starren wir mit Stielaugen auf ein Potpourri einheimischer Delikatessen.
Mitten drin in der Herrlichkeit thront ein riesiger, fettglänzender Schinken, um ihn herum kringeln sich lange, schlanke Salamiwürste mit weißer Schimmelpelle, eingerahmt von kleinen, runden Laibern aus Schafs- und Ziegenkäse, dazwischen dicke, in Teig gehüllte Pasteten. Uns läuft das Wasser im Munde zusammen. Übermütig johlend grapschen wir hinein in die Köstlichkeiten, reißen sie gierig auseinander, schieben und drücken sie uns gegenseitig in den Mund, bewerfen uns ausgelassen mit Oliven, schlagen mit Getöse unsere vollen Weingläser aneinander, strahlen, lachen und jubilieren, vorbei ist die Zeit der frugalen Askese, wir befinden uns im Schlaraffenland. Das haben wir auch verdient! Als dann der Koch und seine Küchenhilfen mit weiteren Platten durch die Klapptür drängen, ist die Stimmung nicht mehr zu bremsen. Gegrillter Fisch, Fleischspieße und Lammbraten verbreiten ihre himmlischen Düfte. Messer und Gabel sind jetzt fehl am Platz, solch ein Göttermahl bedarf keiner neuzeitlichen Gerätschaften. Wozu haben wir denn unsere Finger? Das Abendessen artet zum Gelage aus, so ähnlich muß es bei den alten Römern zugegangen sein.

Schmatzend, mit fettriefenden Mündern, glänzenden Augen und schwappenden Weingläsern tanzen wir ausgelassen um die Tische herum, während Johannes in die Klampfe haut und Siebziger-Jahre-Lieder zum Besten gibt. Die Stimmung brodelt, noch nie in unserem Leben haben wir uns so prächtig gefühlt, da sind wir uns alle absolut einig. Jeder liebt jeden, rein platonisch, versteht sich, und überhaupt werden wir uns regelmäßig treffen, denn so etwas wie wir ist eine Rarität.
Wir haben eine phantastische Woche hinter uns, sind andere Menschen geworden, und unser zukünftiges Leben wird vollkommen anders aussehen als das bisherige. Davon sind wir überzeugt und nach zwei Stunden ziemlich beduselt.
Beschwingt tänzle ich zu meinem Zimmer, morgen um die Zeit bin ich wieder zu Hause, und vielleicht holt mich Harry ja vom Flughafen ab. Rein vorsorglich habe ich ihm die Ankunftszeit verraten. Da ich jetzt weiß, was positives Denken bedeutet, gehe ich einfach mal davon aus, daß er da sein wird.
Das Meer rauscht, und die Wellen klatschen wieder an die steinige Küste. Ich stehe auf der Terrasse, schaue ein letztes Mal in den schwarzblauen Sternenhimmel und freue mich auf Harry. Alles wird gut, alles wird gut!

16. Par

Pünktlich, nachmittags um eins, stehen wir alle am Flughafen. Der Flieger hat Verspätung, wir müssen mindestens zwei Stunden warten. Das Wetter in Mitteleuropa ist so schlecht, daß auf den meisten Flughäfen das perfekte Chaos herrscht. Na bravo. Statt um halb drei starten wir endlich kurz vor fünf. Mist, und was ist, wenn Harry mich abholt? Über München liegt eine dicke Nebelwolke, und der Pilot befürchtet, daß er gar nicht landen kann, sondern nach Nürnberg fliegen muß. Mist, von wegen positives Denken! Mittlerweile sind alle ein wenig ruhiger geworden, jeder denkt in sich hinein, ich vermute, es geht ihnen so wie mir. Die Begeisterung von gestern hat nachgelassen, die Realität von morgen wartet auf uns. Neben mir sitzt Viktoria, schreibt fleißig Notizen für ihren Bericht, und in mir breitet sich ein gemischtes Gefühl aus. Einerseits leuchten mir die Erkenntnisse total ein, andererseits lebe ich ja schon ein paar Tage auf dieser Erde und weiß, daß nichts so heiß gegessen wird, wie es gekocht wurde. Hah, da ertappe ich mich doch schon wieder bei diesen negativen Vorstellungen. Wenn jeder so denkt, dann kann nichts auf der Welt verändert werden. Also, auf in die positive Zukunft! Ich habe alles in der Hand, alles liegt nur an mir, jawoll. Für diese Erkenntnis habe ich schließlich schlappe viertausend Mark bezahlt, und soviel Geld verpflichtet. Mal ganz abgesehen davon, daß viertausend Mark ja ein Klacks sind im Vergleich zu den gewonnenen Bewußtseinserwei-

terungen. Gestern abend die personifizierte Euphorie, und jetzt schon wieder die alte Pragmatikerin? Nein, nein, nein! In Zukunft nur noch positiv.
Wir landen doch in München. Na also! Bis unsere Koffer endlich auf dem Laufband ankommen vergehen Ewigkeiten, und Viktoria meint, ich solle nicht so nervös rumhampeln. Entweder, er sei da, oder nicht. »Und wenn er dich liebt, ist er da. Sei doch froh, auf diese Art kriegst du innerhalb der nächsten zehn Minuten eine Antwort auf die lebenswichtigste Frage überhaupt, und das Ganze noch ohne Worte. Ist das nicht praktisch?«

Viktoria hat so richtigen Spaß an ihrem Sarkasmus, hat anscheinend nicht so wahnsinnig viel gelernt in der Woche. Ist ja auch kein Wunder, sie mußte auch nicht die viertausend Mark berappen, weil der Verlag das gemacht hat. Aber ich nehme es ihr nicht übel, die Sache mit Gottfried hat sie noch nicht so ganz verdaut, auch wenn sie im Laufe der Erkenntnisse der vergangenen Woche wiederholt betont hat, sie wisse jetzt, was da alles falsch gelaufen sei, und vor allem warum.
Endlich taucht mein Gepäck auf. Hastig zerre ich es vom Laufband, werfe es auf einen Wagen und rolle ungeduldig zum Ausgang. Viktoria stolpert hinter mir her. Mein Blick peilt durch die Scheibe. Menschenmassen stehen dahinter, aber seinen goldenen Lockenschopf entdecke ich sofort.
Nachdem wir Viktoria abgesetzt haben, fährt er mich nach Hause. »Schön, daß du wieder da bist«, sagt er. »Ich hab mich auf dich gefreut«, sage ich und lege

meine Hand in seine. Er drückt sie, uns so fahren wir durch die Stadt. Meine linke Hand in seiner rechten. In meiner Wohnung angekommen, hoppelt freudig erregt, mit lauten Maunzen, mein Kater auf mich zu, umkreist meine Beine, wirft sich auf den Boden, streckt mir sein weißes Bäuchlein entgegen und alle Viere von sich, leckt mein Gesicht ab, als ich ihn auf den Arm nehme, schnurrt, reibt sein haariges Köpfchen abwechselnd links und rechts an meinen Wangen, gibt mir feuchte Nasenstüber, kuschelt sich an meinen Hals und ist augenscheinlich uneingeschränkt glücklich darüber, daß ich wieder da bin. Ein warmes Gefühl durchströmt meinen Bauch, und ich lächle Harry an. Er nimmt mich in die Arme.

Die Leute in meinem Büro sagen: »Du hast dich verändert!« Ich frage nicht, was sie meinen, ich weiß es. Als ich ein paar Tage später bei Harry auf der alten Holztreppe sitze, sage ich zu ihm das, was ich mir in Fuerte vorgenommen habe zu sagen:
»Ich möchte gern mit dir leben.«
Mein Herz klopft, er hebt den Kopf und fragt:
»Wann ziehst du ein?«
Es ist alles ganz einfach, ganz unkompliziert. Ich sage: »Irgendwann in den nächsten zehn Monaten.«
Und er: »Warum nicht gleich?«
Ich hab's doch gewußt, positives Denken verändert das Leben. Man muß sich nur trauen.
Ich kündige spontan meine Wohnung und das Zimmer in der Bürogemeinschaft. Viktoria meint zwar, das sei ein voreiliger Entschluß, ich solle doch erst einmal abwarten, wie sich die Sache mit Harry so

entwickelt, bevor ich meine schöne Wohnung aufgebe. Man könne ja nie wissen ... Ich gebe ihr recht, halte aber dagegen, daß eine Entscheidung mit offenem Hintertürchen nur eine halbe Entscheidung sei. Es gäbe im Leben grundsätzlich keine Garantien, und überhaupt ... Wer nicht wagt, der nicht gewinnt.

17. HEMMNIS

Mein neues Leben kann beginnen, und das tut es erst mal mit einem langen Urlaub, den längsten meines bisherigen Lebens. Fünf Wochen Sri Lanka. Ich sitze beim Friseur und strahle. Während sie mir die Haare schneidet, gratuliert mir Helga und sagt:
»Toi, toi, toi. Aber soviel Geduld muß belohnt werden. Das haben Sie wirklich verdient.« Dann fügt sie hinzu: »Offen gestanden, daß es soweit kommt, daran hätte ich nicht mehr geglaubt«.
Ich kenne sie schon seit sieben Jahren, und natürlich habe ich sie ständig auf dem laufenden gehalten. Wo kann man seinen Seelenballast besser loswerden als bei seinem Friseur beziehungsweise, wie in meinem Fall, bei seiner Friseuse? Kaum jemand kennt einen besser. Ein Friseur muß das Seelenleben seines Kunden kennen, sonst kann er ihm nicht die adäquate Frisur verpassen. Denn die Frisur ist nun mal ein lebenswichtiger Faktor im Leben jeder Frau. Von der Frisur hängt alles ab. Stimmt die Frisur nicht, stimmt gar nichts. Im Vergleich dazu sind Kleider, Schmuck und Schminke geradezu unwichtig. Selbst die grandioseste Designerklamotte kann eine miserable Frisur nicht wettmachen. Das beste Beispiel für diese These ist die Schwester von Viktoria.
Im Gegensatz zu Viktoria ist sie klein und knochig, aber das Schlimmste ist das jämmerliche Etwas auf ihrem Kopf. Es handelt sich um spärliche, mittelblonde Fitzelhärchen, schnurgerade wie Schnittlauch, die vergebens versuchen, die schweinchenrosa

Haut zu bedecken. Sie sieht immer aus, als hätte sie die Staupe. Auch der beste Friseur der Welt kann das Wunder nicht vollbringen, aus diesem armseligen Basismaterial irgend etwas zu zaubern. Am besten wäre, sie würde sich Haare transplantieren lassen. Das geht heutzutage ganz einfach, wie ich neulich im Fernsehen beoachten konnte. Das Ganze war eine ziemlich unappetitliche, aber effiziente Angelegenheit. Ähnlich wie das Kerngehäuse aus einem Apfel stanzt der Chirurg aus nicht behaarten Kopfhautbereichen kleine runde Stückchen heraus. In diese Löcher steckt er dann die ebenfalls herausgestanzten Stückchen mit Haar. Als Spender müßte in diesem Fall Viktoria mit ihrer Prachtmähne herhalten. Sie könnte locker auf einige tausend Haare verzichten. Blöde ist nur, daß sie pechschwarz sind und ihre Schwester nach der Transplantation wie ein Streifenhörnchen aussehen würde. Aber man könnte das Ganze ja dann einheitlich färben.
Nun gut. Sie hat nun mal diese Fitzeln, und sie kann wirklich tragen was sie will, sie erinnert immer irgendwie an eine Obdachlose. Steht man ihr gegenüber, ist man versucht, ihr ein paar Mark in die Hand zu drücken. Die braucht sie aber nicht, weil sie es nämlich tatsächlich geschafft hat, sich einen Millionär zu angeln. Wie ihr das gelungen ist, wird wohl ewig ein Rätsel bleiben, denn ihr Mann ist nicht nur stinkereich, sondern sieht auch noch ziemlich gut aus. Sie hat ihn anläßlich seines Bronchialproblems kennengelernt. Er hustete andauernd, und keiner wußte, warum. Er war bereits von Pontius zu Pilatus gerannt, aber jeder schüttelte nach einer

Weile ratlos und resigniert den Kopf. So landete er aufgrund der Empfehlung einer Nachbarin schließlich bei Viktorias Schwester, die ihre Brötchen damals als Heilpraktikerin verdiente. Über die Therapieform schweigt sie sich aus, aber auf alle Fälle war sie erfolgreich, denn nach einem knappen halben Jahr hatte sich sein Husten in Luft aufgelöst. Ob es nun Liebe war oder Dankbarkeit – keiner weiß es, und letztendlich ist es auch egal – er steckte ihr am ersten Advent bei Kerzenschein – so erzählte sie – einen goldenen Verlobungsring mit sieben enormen Brillies an den linken Ringfinger, und im Frühjahr darauf fand dann mit großem Tamtam die Hochzeit statt. Seitdem lebt sie in Saus und Braus, beschäftigt mehrere Hausangestellte und trägt Klamotten von Jil Sander, Lagerfeld, Joop und anderen bekannten Designern. Aber die teuren Teile kommen eben überhaupt nicht zur Geltung. Viktoria kann den billigsten Fummel von Woolworth tragen, die Männer glotzen sich die Augen aus dem Kopf, sie sieht einfach immer grandios aus mit ihrer Haarpracht. Die Klamotten ihrer Schwester kosten immer ein kleines Vermögen, und es nutzt trotzdem nichts!
Alles in allem handelt es sich hier ganz augenscheinlich um die ausgleichende Gerechtigkeit des Lebens, denn ich bin überzeugt davon, daß sich unter dem Strich alles ausgleicht. Ich denke da an diesen fiesen Typen, der viele Menschen, unter anderem auch meinen damaligen Ehemann, eine Stange Geld gekostet hat, weil er es perfekt beherrschte, den Leuten glaubhaft die Geschichte vom Pferd zu erzählen. Er war auf der Suche nach Geldgebern für

ein Immobilien-Projekt und versprach jedem Renditen von vierzig Prozent. Ich hörte das Pferd zwar wiehern, mein Mann aber und viele andere nicht. »Du bist zu pessimistisch«, meinte er. »Und du bist zu naiv«, meinte ich und hatte recht. Der Typ war mir suspekt, obwohl er wirklich Charisma hatte, anders ist es wohl auch nicht zu schaffen, so vielen Menschen das Geld aus der Tasche zu ziehen. Er hat das auch ganz geschickt gemacht, denn anfänglich zahlte er die versprochenen Renditen tatsächlich aus, mein Mann sagte »Siehste!« und wedelte hoch erfreut mit den Bankauszügen.

Aber das war eben nur am Anfang, und die sogenannte Rendite war nichts anderes als das Einstiegsgeld der nächsten Investoren. Das hochgepriesene Objekt in USA gab es natürlich nicht, und nach einem Jahr gab es auch keine Rendite mehr, weil es keine neuen Investoren mehr gab. Seine Gläubiger zeigten ihn dann an, was ihnen leider auch nichts nutzte, weil er nämlich de facto ein armer Hund war. Pfiffig wie er war, lebte er nämlich mit seiner jungen, attraktiven Gattin in Gütertrennung, und sie war es, der nach dem Buchstaben des Gesetzes alles gehörte, das dicke Auto, die dicke Villa, der teure Schmuck und die Pelze. Nichts zu pfänden also. So ein Pech! Aber nicht nur für die Gläubiger, sondern auch für ihn. Während er wegen Betrugs im Knast saß, ließ sich seine Gattin scheiden, und er schaute in die Röhre. Genau das meine ich mit der ausgleichenden Gerechtigkeit. Und die Investoren, inklusive meinem Exmann, haben auch was gelernt, nämlich, daß vierzig Prozent Rendite utopisch sind und der

Wunsch danach an Habgier grenzt. Und habgierige Menschen ereilt irgendwann immer die Nemesis, siehe oben.

Helga färbt mir erst blonde Strähnchen und schnibbelt mir dann eine superstarke, asymmetrische Urlaubsfrisur. Als Krönung verpaßt sie mir noch ein kostenloses Make-up, und als ich den kleinen Salon verlasse, sehe ich ganz hervorragend aus. Mit diesem erhebenden Gefühl der Selbstsicherheit beschließe ich, mir ein Gläschen Champagner zu gönnen. Am Stachus gibt es seit neuestem ein Café mit Champagnerbar, die ist mein Ziel.
Eigentlich hatte ich mir vorgenommen, in die Innenstadt nur noch mit Straßen- oder U-Bahn zu fahren, weil alles andere Quatsch ist, weil man nirgendwo parken kann. Wider besseren Wissens fahre ich aber trotzdem mitten hinein in den Moloch und muß prompt eine Viertelstunde in der Gegend herumkurven, bis ich endlich ein Plätzchen gefunden habe. Wenn ich Glück habe, kostet es nichts, wenn ich Pech habe, zweihundert Mark, weil mein Auto auf dem Bürgesteig steht und abgeschleppt wird. Ich denke aber immer noch positiv, stolziere zielstrebig in Richtung Café und trete mit erhobenem Kopf durch die Schwingtür in Richtung Champagnerbar.
Normalerweise ist sie komplett überfüllt, und die Leute stehen in Zweierreihen darum herum, aber jetzt ist es zwei Uhr nachmittags, und ich habe die Wahl zwischen drei Barhockern. Ich entscheide mich für den hinten an der Wand. Erstens kann ich mich anlehnen, und zweitens habe ich von dort aus den

besten Überblick. Überblick zu haben, das mag ich, grundsätzlich.
Während des ersten Schluckes schaue ich in die Runde, und wen entdecke ich schräg gegenüber? Den Bruder von Robert Redford. Er lehnt am Tresen, schaut mir direkt in die Augen und winkt lässig mit seinem Glas. Dann steht er auf und steuert gemächlich um die Theke.
»Na, wieviele Männer haben Sie inzwischen abgeschossen?«
Seine Stimme ist tief und ein wenig rauh, und er spricht langsam und sehr akzentuiert wie ein Nachrichtensprecher. Außerdem riecht er gut, nach einer Mischung aus Sandelholz und frischem Heu.
»Keinen.«
»Aha, Sie machen also Fortschritte. Darauf müssen wir trinken.« Er tippt sein Glas gegen meines.
»Ich mache überhaupt keine Fortschritte, weil ich seither nicht mehr gespielt habe, und dabei wird es wahrscheinlich auch bleiben.«
»Wieso?« Er ist sichtlich erstaunt. »Sagen Sie nur, Golf macht Ihnen keinen Spaß! Das kann ich mir aber nicht vorstellen, so eine sportliche Frau wie Sie lernt das in Nullkommanix!«
»Wie kommen Sie denn darauf, daß ich sportlich bin?«
»Das sieht man.«
»Woran?«
Ich fische so deutlich nach Komplimenten, daß es selbst einem Doofen auffällt. Aber unüberlegt wie meistens, ist mir die Frage schon über die Lippen gehuscht, bevor ich auch nur den Bruchteil einer Se-

kunde überlegt habe. Ich bin unzufrieden mit mir, weil ich mir vorgenommen hatte, erst zu denken und dann zu reden. Harry hat mir das empfohlen, und wo er recht hat, hat er recht. Bei Harry wäre ich mit so einer Frage auf Granit gestoßen, denn er kann es überhaupt nicht leiden, wenn jemand so plump versucht, Komplimente aus ihm herauszulocken. Man kriegt dann garantiert genau das Gegenteil von dem zu hören, was man hören will. Roberts Bruder aber ist vom anderen Schlag und meint galant:

»Das sieht man an Ihrer prima Figur.« Genau das hatte ich erwartet und sage ihm, daß seine Figur ja auch nicht schlecht sei. Er grinst. Und dann ist erst mal Redepause. Wir schauen uns ein Weilchen in die Augen, und jeder nippt an seinem Glas. Um meine Verlegenheit zu überspielen, lasse ich meine Augen lässig durch den Raum wandern. Wie ich solche sprachlosen Momente hasse! Krampfhaft grüble ich darüber nach, was ich Schlaues von mir geben könnte. Leider fällt mir absolut nichts ein, und ich beschließe notgedrungen, einfach mal nichts zu reden und betrachte ihn stattdessen.

Er könnte wirklich der Zwillingsbruder von Robert Redford sein. Blaue Augen, blonde, leicht gewellte Haare, energisches Kinn, ausgeprägte Wangenknochen und prachtvolle weiße Zähne. Aus seiner olivfarbenen Wildlederjacke ragen braun gebrannte Hände, mit schmalen aber kräftigen Fingern und perfekt manikürten Nägeln.

Alles in allem sieht der Kerl einfach blendend aus, so richtig provozierend gut und total männlich. Woran das liegt, kann ich beim besten Willen nicht erklären, es ist einfach so. Ich spüre dieses unbeschreibliche Gefühl in der Bauchgegend, und meine Gedanken gehen ihre eigenen Wege, denn während ich sein herbes Parfüm rieche, stelle ich mir plötzlich vor, daß er mich küßt, genau hier an der Bar, inmitten der Leute. Ich glaube, ich träume, wie komme ich denn auf so was? Das darf doch nicht wahr sein. Ich stehe mit einem fast wildfremden Mann an der Bar, habe gerade mal zwei Sätze mit ihm gewechselt, und in meinem Kopf läuft ein Sexfilm. Meine eigenen Gedanken sind mir peinlich, ich will sie stoppen, geht nicht. Der Film rollt weiter, und ich knöpfe gerade sein Hemd auf, öffne seine Gürtelschnalle und ziehe den Reißverschluß seiner Hose nach unten. Ich schüttle den Kopf, will die Bilder herauspurzeln lassen. Nichts zu machen, die Spule dreht sich.

Mittlerweile ist er bereits nackt, und sein Penis ragt in Richtung Bauchnabel. Halb auf den Barhockern sitzend, halb an die Theke gelehnt, lieben wir uns stürmisch, und kein Mensch nimmt Anstoß daran, niemand würdigt uns auch nur eines Blickes. Jeder tut so, als sei unser Treiben ganz selbstverständlich. Die Leute rauchen, trinken Bier, schlürfen Sekt und sind vollkommen unbeteiligt, nahezu gelangweilt. Mir läuft es heiß und kalt den Rücken runter, in Film und Realität gleichermaßen, und ich bin mächtig froh, daß Roberts Bruder nicht Gedanken lesen kann.

»Was denken Sie gerade?« fragt er prompt.

Ich fühle mich ertappt, erwäge aber trotzdem, ihm die Wahrheit zu sagen. Mal gucken, wie er reagiert. Das wäre doch wirklich was Neues. Ihn gnadenlos mit meiner geilen Phantasie zu konfrontieren, an-

statt mit dem üblichen Höflichkeitsgeplänkel zu langweilen.
»Na?!«
Seine blauen Augen blitzen neugierig, ich grinse töricht und sage vorsichtshalber nichts.
»Scheint ja was Schlimmes zu sein.«
»Stimmt!«
Schon wieder bricht es unbedacht aus mir heraus.
»Aha, und deswegen denken Sie sich jetzt was weniger Schlimmes aus. Strengen Sie sich doch nicht unnötig an, sagen Sie doch ganz einfach, was in Ihrem Kopf vorgeht.«
Na gut, er ist ja selber schuld, wenn er mich so provoziert.
»Ich habe mir gerade vorgestellt, daß wir uns lieben ...«
So, jetzt ist es draußen, und ich muß sagen, selten hat jemand so konzentriert meinen Worten gelauscht wie er, und ich mache weiter: » ... hier in der Bar, inmitten all dieser Menschen.«
Ich höre jemanden reden und kann nicht glauben, daß ich es selber bin. Ich tue es so nonchalant, als würde ich ihm mitteilen, daß es draußen regnet.
Ich bin entsetzt. Wo ist denn meine Scham abgeblieben? Ganz offensichtlich hinuntergespült mit dem halben Gläschen Schampus.
Solche Situationen sind für ihn wohl nicht ungewöhnlich, denn er meint ganz gelassen: »Verlockende Idee ..., wir müßten nur Tarnkappen tragen, sonst würde man uns verhaften«, er kichert, »... wegen unsittlichem Verhalten in der Öffentlichkeit!« Jetzt lacht er herzhaft und amüsiert sich augenscheinlich

prächtig. Als er sich wieder beruhigt hat, hebt er sein Glas und prostet mir zu: »Auf Ihre Phantasie! Und Kompliment, so ne verblüffende Ehrlichkeit gibt's nicht häufig!«
Zögerlich hebe ich mein Glas und sage stockend: »Naja, ich weiß nicht ... ob das ein Grund zum Trinken ist ... Soviel Ehrlichkeit ist eigentlich auch nicht unbedingt notwendig ... damenhaft ist das ja wirklich nicht ... Ich weiß gar nicht, welcher Teufel mich da geritten hat ...« Meine Verlegenheit ist nicht zu überhören.
Danach erklärt er mir, daß er erstens nichts langweiliger fände als damenhaftes Verhalten und zweitens sexuelle Tagträume das normalste von der Welt seien, und daß jeder, der sie nicht zugäbe, ein Lügner sei. Dann trinkt er sein Glas leer, grinst, blitzt mich an mit seinen blauen Augen und sagt: »Außerdem ist Ihre Idee grundsätzlich doch ganz hervorragend!«
Kann man mal sehen! Ist doch was anderes, wenn zwei Menschen Tacheles reden, anstatt sich gegenseitig die Hucke mit Small talk vollzulabern. Wäre wahrscheinlich grundsätzlich viel besser und vor allem weniger anstrengend. Aber wie geht's jetzt weiter? Peinlich ist mir die Angelegenheit nämlich nach wie vor. Emanzipation hin, Emanzipation her. Ich bin einfach nicht so cool wie ich immer tue. Aber das ist schließlich mein Problem und nicht seines.
»Und was machen wir jetzt?« will er von mir wissen.
Ich nippe an meinem Glas und zucke mit den Schultern. »Ich hatte eigentlich nichts Besonderes vor, ich wollte hier nur ein Gläschen trinken.«

»Naja, dann können wir das nächste Glas ja bei mir trinken, was halten Sie davon? Außerdem brauchen wir dann keine Tarnkappen.« Er lacht schon wieder.
So, jetzt habe ich den Salat. Erst eine kessse Lippe riskieren und dann dumm aus der Wäsche gucken. Am liebsten würde ich wie Jeannie in der Flasche verschwinden. Dazu bleibt keine Zeit, denn Redfords Bruder schaut mich an und fragt: »Na?«
Fatale Situation. Jetzt heißt es entweder Farbe bekennen oder weiter die coole Emanzipierte spielen. Ich entscheide mich spontan und schon wieder unüberlegt für Letzteres. »Gute Idee«, sage ich und greife souverän zu meiner Handtasche. Hoffentlich ist meine Mutter dort oben im Himmel gerade mit irgendwas beschäftigt, Manna verspeisen oder Wölkchen wienern zum Beispiel, denn würde sie mich jetzt gerade beobachten, so wäre mir das gar nicht recht. Sie würde sich mit Grausen abwenden, da bin ich mir sicher.
Auf der Straße teilt er mir mit, daß er in Nymphenburg wohnt und passionierter U-Bahnfahrer ist. Ob ich mit dem Auto unterwegs sei, und wenn ja, wo es stünde.
»In der nächsten Querstraße ... hoffe ich zumindest.«
Als wir um die Ecke biegen, ist die Aussicht auf mein Auto durch einen roten Abschleppwagen versperrt. »Ach du Scheiße!« So schnell ich kann, mit engem Rock und Stöckelschuhen, spurte ich über die Straße. Reifen quietschen, und aus einem Autofenster tönt wütend: »Blöde Kuh, hast du keine Augen im Kopf?!« Obwohl ich normalerweise auf derart klare Fragen in gebührender Form eingehe, verzichte

ich im Moment darauf, weil ein fetter Mann in öl-verschmierter Latzhose gerade damit beschäftigt ist, mein Auto an einem riesigen Haken auf eine schräge Rampe zu ziehen. »Halt, halt!« schreie ich. Er stutzt, richtet sich auf und wischt sich die Stirn mit einem total verdreckten Tuch ab. »Zu spät«, meint er lakonisch und bückt sich wieder. Jetzt greift Roberts Bruder ein, steckt seine Hand in die Tasche seiner Lederjacke, zieht etwas hervor, hält es dem Dicken vor die Nase und sagt: »Ich bin Arzt und muß wegen eines Notfalls sofort ins Krankenhaus!« »Das kann ja jeder behaupten«, der Dicke richtet sich wieder auf und kratzt sich unsicher am Hinterkopf.
»Wenn Sie jetzt nicht schleunigst dieses Auto freigeben, kriegen Sie eine Schadenersatzklage an den Hals, die sich gewaschen hat!«
Roberts Bruder läßt nicht den geringsten Zweifel am Wahrheitsgehalt seiner Worte. Der Dicke ist restlos überzeugt und macht sich postwendend daran, den Haken von meinem Auto zu lösen. Wenige Minuten später fahre ich über den Nympenburger Kanal, ich steuere doch tatsächlich mit einem wildfremden Mann in dessen Wohnung, um mit ihm ins Bett zu gehen.
Ich fasse es nicht, und die zwei Seelen in meiner Brust verfallen schlagartig in einem heftigen Disput.
»Du hast nicht mehr alle Tassen im Schrank!« ruft die eine entsetzt.
»Warum denn?« fragt die andere unbekümmert.
»Du kannst doch nicht allen Ernstes vorhaben, mit diesem Typen zu schlafen!« Die eine wird hektisch.
»Warum denn nicht?« Die andere bleibt ganz cool.

»Du weißt ja noch nicht mal, wie er heißt!« Die eine wird immer aufgeregter.
»Erstens ist das nicht wichtig und zweitens brauch ich ihn ja nur zu fragen«! Die andere läßt sich nicht aus der Ruhe bringen.
»Also, eine anständige Frau macht das nicht!« Die eine verliert allmählich die Fassung.
»Warum soll ich denn nicht auch mal das tun, was für Männer absolut normal ist?« Die andere läßt sich immer noch nicht aus der Ruhe bringen.
»Du bist wirklich nicht mehr zu retten, hast du noch nichts von Aids gehört?« Die eine gibt nicht auf.
»Er ist Arzt, und für Ärzte ist der Aidstest obligatorisch«, beruhigt die andere.
»Trotzdem, das macht man einfach nicht!« Die eine fängt sichtlich an zu resignieren, holt dann aber plötzlich aus zum ultimativen Argument schlechthin und fragt: »Und was ist eigentlich mit Harry?«
Voll erwischt! Ja, was ist eigentlich mit Harry? An den habe ich in der vergangenen Stunde nicht im geringsten gedacht. Morgen um die Zeit sitze ich mit ihm im Flugzeug in Richtung Sri Lanka, und statt daß ich zu Hause Koffer packe, sitze ich mit dem Zwillingsbruder von Robert Redford im Auto und erwäge, mit ihm ins Bett zu gehen. Ich hab doch wirklich nicht mehr alle beieinander! Aus der prekären Situation muß ich mich schleunigst befreien. Aber wie?
Stoisch steuere ich mein Auto in Richtung Schloßpark und formuliere in Gedanken logisch klingende Argumente, um mich aus der Affäre zu ziehen. Vor

seiner Haustüre ist mir die zündende Erklärung immer noch nicht eingefallen. Wir stehen vor einem prachtvollen Jugendstilhaus mit gelber Fassade, weißen Blumenornamenten an den Fensterstürzen und üppigen Friesen im Dachwinkel. Er legt den Kopf in den Nacken, deutet nach oben und sagt »da wohne ich«. Ich schaue seinem Finger nach und kriege leichtes Bauchgrimmen. Während der altertümliche Fahrstuhl sacht durch die einzelnen Etagen ruckelt, fällt mir ein, daß ich immer noch nicht weiß, wie er heißt und frage: »Wie heißen Sie eigentlich?«

»Christoph.«

Ich verrate ihm auch meinen Namen, und während dieses immens wichtigen Informationsaustausches erreicht der Fahrstuhl den obersten Stock. Mit unentschlossenen Schritten tappe ich über die weißgrauen Marmorfliesen hinter ihm her und fühle mich überhaupt nicht mehr gut.

Wir stehen vor seiner Wohnungstür. Schwarzbraunes Holz mit Jugendstilschnitzereien, dazwischen matte Glasscheiben mit Blumenranken, darunter ein glänzendes Messingschloß. Er steckt den Schlüssel hinein, dreht ihn um, und wir betreten den Flur. Der Parkettboden knarrt leise unter unseren Schritten, an den Wänden hängen moderne Grafiken, auf einer schmalen Marmorsäule ruht ein kleiner, nackter Frauentorso aus Bronze, aus einer Tür streicht geräuschlos eine Katze. Sie ist kohlrabenschwarz. Ihr Fell ist weich und warm, ich nehme sie auf den Arm und gehe durch das Wohnzimmer, lasse mich samt Katze auf der Couch nieder und atme durch. Während ich sie streichle, fragt Christoph, ob ich

einen Cappuccino trinken möchte. »Ja, gern«, anworte ich, dankbar für jede weitere Minute Aufschub. Als der Cappuccino dampfend auf dem Glastisch vor mir steht, nehme ich mir ein Herz und sage: »Also, eine leidige Eigenschaft von mir ... ehm ... ist, erst zu reden und dann zu denken.« Pause. Und dann weiter: »Als ich vorhin so locker vom Hocker ...« Ich kichere dämlich vor mich hin. »... naja, ... also, als ich da so unbedacht vor mich hin gequatscht hab ...«
Oh Gott, peinliche Situation, aber da muß ich durch. Chaos in meinen Kopf ... Was denkt dieser Mensch jetzt von mir ... Mir ist ganz heiß ... Warum kann ich nicht souverän dasitzen und Cappuccino trinken ... Ich hasse mich für das Gestammel ... Draußen vor der Fensterscheibe schüttelt der Wind die Äste eines riesigen Ahornbaumes auf und ab ... Was will ich eigentlich sagen ... Im Kamin liegt ein Haufen Holzscheite ... Er schaut mich neugierig an ... Auf dem kleinen Tisch vor der Couch steht eine Vase aus blauem Glas ohne Blume drin ... Zwischen den Augenbrauen hat er einen kleinen Leberfleck ... Ich will unter den Sofakissen verschwinden oder mich in Luft auflösen ... Wenn er jetzt denkt, daß ich nicht ganz richtig im Kopf bin, dann hat er total recht ... Mensch, reiß dich jetzt zusammen ... So blöde hab ich mich ja noch nie in meinem Leben benommen.
»Also, was ich sagen wollte, ich hab eigentlich keine Lust, mit dir zu schlafen, ehm ... das heißt, Lust hätte ich eigentlich schon irgendwie, aber irgendwie dann doch nicht ... und es ist mir auch vollkommen wurscht, was du jetzt von mir denkst ...« So! Und duzen tue ich ihn auch ungefragt.

Der Mensch neben mir lehnt sich zurück, schlürft die aufgeschlagene Milch von seiner Tasse und sagt genüßlich: »Ich wußte es.«
»Was wußtest du?«
»Daß du einen Rückzieher machen würdest.«
Auf seinem Gesicht zieht schon wieder dieses Lächeln auf, diese heiße Mischung aus Koketterie, Provokation und Spitzbübigkeit. Ein bißchen kleiner Junge, ein bißchen Verführer und ein bißchen Macho. Ich weiß nicht, wie es anderen Frauen geht, aber mich macht diese Mischung schwach. Ich habe eine blasse Ahnung, woran es liegen könnte, wahrscheinlich ganz einfach nur an der Mischung. Bei einer ausgewogenen Mischung herrscht nichts vor, es wirkt die Gesamtkomposition. Obwohl man seine Sinne zwischendurch auch auf die Einzelteile konzentriert, bleibt das wahre Erlebnis der Genuß des Ganzen. Das gilt für Musik, gutes Essen, Kunst, Architektur und alles mögliche andere, warum soll es nicht auch für dieses Lächeln gelten?
Wie ein Kaleidoskop offenbart es unvermittelt das geheimnisvolle Wesen dieses Mannes mit all seinen Facetten, weckt in mir verborgene Sehnsüchte, Hoffnungen und Begierden, und verspricht zugleich verschwenderisch deren Erfüllung.
Er lächelt, und ich schmelze dahin, aber genau das will ich ja eigentlich nicht. Wenn ich dahinschmelze, habe ich mich nicht mehr unter Kontrolle, und dann wird's gefährlich. Und jetzt, nachdem die erste Gefahr gerade gebannt ist, kann ich eine zweite wirklich nicht gebrauchen. Also, keine Schwachheiten, da spiele ich lieber wieder die Selbstbewußte.

»Ach, das hast du gewußt?! Wieso eigentlich? Kann doch durchaus sein, daß auch ne Frau mal Lust hat auf einen One-night-stand mit einem Fremden. Oder etwa nicht?«
Ich provoziere bereits wieder. Aber abgesehen davon kann es doch tatsächlich sein. Und was heißt überhaupt ›kann sein‹? Ich weiß definitiv, daß auch sogenannte ›anständige‹ Frauen enormen Spaß an wildem Sex haben und durchaus nicht zimperlich sind, wenn es um schnelle Eroberungen geht. Und gerade die, denen man es überhaupt nicht zutraut, die treiben es am schlimmsten. Ich denke da an eine ehemalige Kollegin, grazil und blond, ein nahezu elfenhaftes Wesen. Ihre Kleidung war immer pikobello, mit ihren Absätzen blieb sie niemals in diesen Gittern stecken, die das Leder so häßlich nach oben schieben, ihre stets perfekt gekämmten Haare umrahmten zart ihr allerliebstes Gesicht, ihrem Mund entschlüpfte nie ein unflätiges Wort, sie bewegte sich anmutig, lachte nie laut, und wir nannten sie Kelly. Wir, das waren die Mädchen, die damals als Grafikerinnen, Redakteurinnen oder Sekretärinnen in der Feuilletonredaktion ihre Brötchen verdienten. Im Vergleich zu Kelly kamen wir uns vor wie Trampel, plump, unsensibel und ordinär. Ihre unaufdringliche Vornehmheit beschämte uns aber nur so lange, bis wir bei einer Pressekonferenz einen ihrer ehemaligen Kollegen kennenlernten, der uns zu fortgeschrittener Stunde beim x-ten Campagnercocktail hinter vorgehaltener Hand aufzählte,was neben ihren damenhaften Klamotten noch so alles im Schrank hing. Schwarzes Lederoutfit, Peitsche und

all das Zeug eben, das man so braucht, um eine richtig gute Sado-Maso-Show abzuziehen.
Wir trauten unseren Ohren nicht, tippten uns an die Stirn und schüttelten entrüstet den Kopf. Nein, das war nun wirklich die übelste Nachrede, die wir je gehört hatten. Kelly, über deren zarte Wangen bei den obligatorisch schmutzigen Witzen der Sportredakteure in der Kaffeepause ein verlegenes Rosarot huscht, ausgerechnet Kelly sollte in schwarzen High heels mit Ketten rasseln und die Peitsche schwingen? Nein, jede andere, aber nicht Kelly.
Daß der Typ nicht gelogen hatte, glaubten wir erst, als wir die Nummer wählten, die er uns auf einen Zettel geschrieben hatte. Aus dem Anrufbeantworter tönte uns tatsächlich Kellys liebreizende Stimme entgegen, die uns engelsgleich den Himmel auf Erden ankündigte. Fassungslos lauschten wir ihren Worten, die zum Schluß der Ansage sanft aber bestimmt dazu aufforderten, die Telefonnummer zu hinterlassen. Sie würde sobald wie möglich zurückrufen, hauchte sie.
Ich war erstmal total von den Socken, nahm aber nach einigen Wochen all meine Courage zusammen und sprach sie auf dieses heikle Thema an. Ihr war das nicht im geringsten peinlich. Sie verriet mir dann beim Mittagessen in der Kantine, daß es ihr gar nicht ums Geldverdienen ging, sondern um den Spaß. Sie fand es einfach geil, winselnde Männer auszupeitschen und zu erniedrigen. Das Allerhöchste jedoch waren für sie nicht die masochistischen Freier, sondern die verduzten Gesichter argloser Verehrer, denen sie die Unnahbare vorgegaukelt hatte, und

die sich wie Casanova fühlten, weil sie es endlich geschafft hatten, in ihre Wohnung zu gelangen, dort lüstern herkömmlichen Sex erwarteten und sich plötzlich einer Domina gegenüber sahen.
Aber ich habe keine Domina-Ambitionen und bin überhaupt, was Sex betrifft, doch eher zurückhaltend.
»Wieso hast du gewußt, daß ich einen Rückzieher mache?«
»Ganz einfach«, er lacht, »Hunde, die bellen, beißen nicht!« Er macht eine kleine Pause. »Aber das gleiche gilt auch für mich. Abgesehen davon ... schneller, oberflächlicher Sex macht mir einfach keinen Spaß.«
»Tatsächlich? Da scheinst du ja eine rühmliche Ausnahme zu sein!«
»Ich glaube nicht. Und wenn ich ehrlich bin, muß ich zugeben, daß ich, was Sex betrifft, ziemlich zwiespältig bin. Manchmal kann ich mit jeder attraktiven Frau sofort ins Bett gehen, habe es auch jahrelang gemacht, aber diese oberflächliche Bumserei ödet mich an, ich hab einfach keinen Bock mehr drauf. Letztendlich eine rein rationale Entscheidung. Ich find es ziemlich blöde, daß wir Männer immer nur hinter unserem Schwanz herrennen, so als wären wir noch im Steinzeitalter und immer auf der Suche nach einem Weib, das wir befruchten können.«
Ich sitze da und staune. Entweder ist das eine ganz perfide Masche, oder dieser Mensch ist wirklich eine Rarität.
Er schaut mich an, lacht wieder, und ich lache mit. Zwei Erwachsene sitzen auf dem Sofa und sind er-

leichtert darüber, daß sie nicht miteinander ins Bett müssen. Schon komisch. Das erzählt man besser niemandem, es würde ziemlich unglaubwürdig klingen. Viktoria würde sich an die Stirn tippen und den Kopf schütteln.

Dann kommt er auf die prima Idee, uns was zu kochen. Was ich denn von chinesisch hielte. »Viel«, sage ich, sitze an der Theke, die seine Küche vom Wohnzimmer trennt und schaue zu, wie er uns erst mal einen Martini-Cocktail mixt. Ein paar seiner blonden Haarfransen hängen leicht verwurschtelt in der Stirn, mit einer schnellen Bewegung wirft er sie nach hinten und streicht mit der sommersprossigen Hand drüber. Er spießt Oliven auf ein Hölzchen und läßt Eiswürfel in die Gläser klappern. Dann kippt er Gin und trockenen Martini darüber, rührt kurz um und schiebt mein Glas über die Marmorfläche.

»Prost, schön, dich kennenzulernen.« Kleine Pause. »Ehrlich!« Seine Augen blitzen wieder, die Fältchen darum herum strahlen. Er gefällt mir immer besser.

Ich nuckle an meinem Martini, und er schnibbelt mit behenden Bewegungen Gemüse und Fleisch klein, brät Reis an, gießt ihn zischend mit Wasser auf, weicht Trockenpilze ein und rührt Teig an für kleine Pfannkuchen. Normalerweise bin ich diejenige, die kocht, und ich finde es großartig, auch mal einfach nur herumzusitzen und zuzuschauen, wie jemand anderes arbeitet. Das tut er äußerst konzentriert und systematisch. Ich tue das nie, denn ich kann mich nicht enscheiden, was ich zuerst machen soll, und so mache ich alles auf einmal. Das heißt, ich wurschtle erst ein bißchen an der Vorspeise herum, dann an

der Nachspeise, zwischendurch an der Hauptspeise. Dann beschäftige ich mich wieder mit der Vorspeise, und so weiter und so weiter. Es mangelt schlichtweg an der notwendigen Koordinierung, und doch kriege ich doch immer wieder ein recht passables Menue hin. Mit erheblicher Verspätung allerdings.
Ich habe es wirklich noch nie zustande gebracht, mit allem fertig zu sein, wenn die Gäste vor der Tür stehen. Das heißt, ich bin fix und fertig, nur das Essen nicht. Meine Gäste lassen sich davon aber nicht beirren, sie stehen mit einem Glas Wein in der Küche herum, erzählen Witze, geben gute Ratschläge oder helfen auch schon mal mit. Schneiden Zwiebeln, waschen Salat oder decken den Tisch. Letztendlich haben wir immer viel Spaß, und darauf kommt es schließlich an.

Während ich meinen Drink schlürfe, will ich wissen, was für ein Arzt er sei. Er sei gar kein Arzt, erklärt er mir, sondern Psychologe. Er habe zwar das Staatsexamen in Medizin, dann aber Psychologie studiert und mit Doktortitel abgeschlossen.
Auweia, Seelenklempner! Psychologie ist zwar eines meiner Lieblingsthemen, aber von Psychologen halte ich trotzdem nicht allzu viel. Das liegt an einer einschlägigen Begegnung, seit der ich einen großen Bogen um diese Spezies mache. Zumindest war das mein Fazit nach den fünf Wochen mit Wolfgang, so hieß er, der Psychologe. Die Bezeichnung Psychopath allerdings würde ihn treffender charakterisieren. Alle Menschen seien schlecht, vor allem die Frauen, Weiber, wie er sie abschätzig nannte. Die

Weiber hatten ihn alle durch die Bank weg nur benutzt. Angefangen bei seiner Mutter, die ihn aus Rache enterbt hatte.
Seine erste Ehefrau war nach drei Jahren mit einem anderen Mann abgehauen und ließ sich scheiden. Da sie keinen Job hatte und den Mann, bei dem sie wohnte, ganz aus böser Absicht nicht heiratete, mußte Wolfgang fast die Hälfte seines Einkommens als Unterhalt bezahlen. Seine zweite Frau war eine Schlampe, ließ die Wohnung verkommen, rauchte wie ein Schlot, war Alkoholikerin und kümmerte sich kein bißchen um die zwei Kinder.
Da er nicht einsah, mit seinem sauer verdienten Geld diesen üblen Weibern ein sorgenfreies Leben zu ermöglichen, hing er seinen gut bezahlten Job bei einem renommierten Institut an den Nagel und beschloß, als Gärtner zu arbeiten. Er meldete sich arbeitslos und kümmerte sich um die Grünanlagen reicher Leute, die dazu selbst keinen Bock hatten. Arbeitslosengeld und das schwarz verdiente Honorar reichten zwar nur knapp zum Leben, dafür nährte ihn aber die Genugtuung, daß seine Exfrauen keinen Pfennig mehr von ihm kriegten. Ätsch-bätsch, ausgetrickst!
»He, worüber denkst du nach?« fragte Christoph. Ich erzählte ihm von Wolfgang und führte meine Gedanken weiter:
»Ich habe ihn kennengelernt, als er bereits zwei Jahre arbeitlos war. Er saß an der Theke im Schumann's, bot mir großzügig seinen Hocker an, und wir kamen ins Gespräch. An diesem Abend erzählte er mir lediglich, daß er Psychologe sei, mehr gab er

vorsichtshalber noch nicht preis. Sein Geheimnis lüftete er erst einige Tage später, als er bei mir am Eßtisch saß, eine Marlboro nach der anderen paffte und mit affenartiger Geschwindigkeit einen dreiviertel Liter Barolo in sich hineinschüttete. Der Wein löste seine Zunge, und er erzählte mir in epischer Breite von seinen Schicksalsschlägen. Meine spontane Reaktion war grenzenloses Bedauern, so ein Schicksal war mir bislang noch nicht begegnet. Er tat mir ernsthaft leid, weil ich jedes Wort für bare Münze nahm. Dann kriegte ich aber ziemlich schnell mit, daß die Geschichte wohl etwas getürkt war, weil er sie immer wieder in anderen Variationen zum besten gab. Während seiner Erzählungen, die vorzugsweise beim Abendessen stattfanden, trank er ein bis zwei Flaschen Wein, verqualmte meine Wohnung und schimpfte vehement auf seine Exweiber. Mit jedem Glas Wein wuchs seine Verbitterung. Als ich nach fünf Wochen, während einer seiner massiven Selbstmitleidsanfälle, unbedacht meinte, daß es aufgrund seines Frauenhasses und der täglichen Alkohol- und Nikotinmengen bestimmt nicht schaden könne, mal einen Kollegen zu konsultieren, geriet er derart in Rage, daß er die Glasscheibe meiner Wohnzimmertür eintrat, sich sein Hemd vom Leib und in zwei Teile riß, darauf herumtrampelte und meinte, genauso würde ich es mit ihm machen. Im übrigen sei ich genauso mies wie all die anderen Weiber, am besten wäre wohl, er spränge jetzt vom Dach.

Einladend hielt ich ihm die Terrassentür auf. Vollkommen entgeistert glotzte er mich an, soviel Kaltschnäuzigkeit halte er nicht aus, wimmerte er, schmiß sich auf den Fußboden und wälzte sich laut schluchzend hin und her. Ich rief den Notdienst an, zwei Polizisten holten ihn eine Viertelstunde später ab.«

Christoph hatte inzwischen das Kaminfeuer angezündet, Teller im Backofen anwärmt, Sößchen gerührt, die Pfannkuchen gefüllt, zu kleinen Päckchen zusammengefaltet und in heißem Fett fritiert. Grinsend versicherte er, seine Neurosen seien nicht ganz so ausgeprägt. Grundsätzlich sei er aber der Meinung, daß jeder Psychologe sein Studium unterschwellig ausgewählt habe, um sich selbst zu therapieren.

»Aha, das ist ja interessant. Und was gibt es bei dir zu therapieren?«

»Daß diese Frage jetzt kommt, das war ja klar. Aber das verrat ich nicht. Schlaue Mädchen kommen da irgendwann schon von alleine drauf.« Er lacht listig und wedelt mit der Gabel. »So, und jetzt essen wir.«

Er holt Geschirr aus dem Schrank und trägt es zum Eßtisch. Dieses Prachtexemplar aus matt glänzendem Kirschholz habe vormals in einer Dorfkneipe in Niederbayern gestanden, berichtet er stolz und fährt mit einer zärtlichen Bewegung behutsam über die Oberfläche, als streichle er seine Katze. »Fühl mal«, sagt er, »fühl mal, wie dieses Holz sich anfaßt«, während er lächelnd und mit geschlossenen Augen seine Fingerspitzen über das Holz wandern läßt. Ich stehe von meinem Hocker auf, gehe zu dem Tisch und ziehe meine Hand über das rotbraune Holz. Es fühlt sich samtig an. Als ich ihm das sage, stößt er begeistert hervor: »Genau, ganz genau! Er fühlt sich

an wie Haut! Toll, daß du das auch so empfindest, die meisten Menschen schütteln nur verständnislos mit dem Kopf. Alles Banausen, unsensible Banausen!«
Er eilt um den Tisch herum und nimmt mich in die Arme. Schon verspüre ich wieder dieses unbändige Bedürfnis, mich an seinem Geruch so lange zu berauschen, bis der Verstand endlich verschwindet und wir uns in der Hitze des knisternden Kaminfeuers lieben, ohne darüber nachzudenken, was morgen ist. Aber dazu wurde ich nicht erzogen, sondern sage: »Ich habe Hunger!«
Außerdem bin ich mit Harry befreundet, und von Treue in einer Beziehung halte ich außerordentlich viel. Und weiterhin habe ich vor kurzem die schöne Metapher kreiert, daß man nicht jede Blume am Wegesrand pflücken muß, sondern auch Freude an ihrem Anblick und Duft haben kann. Also halte ich mich daran und bin sehr zufrieden mit mir. Das ist das Schöne, wenn man älter wird. Ein gerechter Ausgleich sozusagen für die spontane, unüberlegte Befriedigung seiner niedrigen Triebe in früheren Jahren. Da habe ich nicht lange nachgedacht, sondern gleich gehandelt. Und was ist dabei herausgekommen? Genau das, daß ich jetzt hier stehe und nicht das tue, was ich eigentlich gern tun würde.

Christoph deckt den Tisch mit großen, weißen Tellern, altem Silberbesteck und Kristallgläsern. Dann zündet er die weißen Kerzen in dem fünfarmigen Silberkandelaber an, zieht den Korken aus einer schlanken Flasche, füllt die Gläser, schiebt mir den

Stuhl zurecht und meint entschuldigend, das Essen sei im Grunde nicht chinesisch, sondern eine Mischung aus allen möglichen östlichen Küchen. Das macht mir gar nicht aus, denn vor uns steht ein Dutzend kleiner dampfender Schälchen, die einen köstlichen und fremdländischen Duft verbreiten. Während der Geruch von Curry, Ingwer, Garam Masala und anderen Gewürzen in kleinen Schwaden durch die Luft zieht, fangen wir an zu essen. Mit Stäbchen, was anfangs gar nicht so einfach ist wie es aussieht, weil einem die Dinger ständig aus den Finger flutschen und das mühsam aufgepickte Stück wieder in das Schälchen fällt oder einem die Klamotten bekleckert. Wenn man aber mal begriffen hat, wie's geht, ist es ganz einfach.

Zwischen meinen Stäbchen klemmt ein knuspriges Mini-Frühlingsröllchen, und ich bin gerade im Begriff, es genüßlich in die süßsaure Soße zu stippen, als draußen im Flur eine Tür schwer ins Schloß fällt, energische Schritte über das Parkett hämmern und im offenen Türrahmen eine junge Frau auftaucht. Auffallend groß, auffallend schlank und auffallend schön. So um die Mitte zwanzig und von Kopf bis Fuß in Schwarz gehüllt. Schwarze, kniehohe Lederstiefel mit brikettähnlichen Plateausohlen, schwarze Spitzenstrümpfe, schwarzer Supermini, schwarze kurze Jacke, schwarzes Mieder mit tiefem, spitzen Ausschnitt, schwarzer Schal. Die einzigen Farbkleckse an dieser finsteren Erscheinung sind das karottenfarbene, streichhölzchenkurze Haar und die blutroten Lippen im bleich geschminkten Gesicht. Reglos lehnt die schwarze Dame am Türpfosten, in

der Hand hält sie eine weiße, langstielige Rose, die kopfüber knapp über dem Fußboden baumelt. Ich lasse das Frühlingsröllchen zurückplumpsen und greife zum Weinglas. Die reglose, blasse Dame sagt: »Prost!«
Christoph schiebt mit den Oberschenkeln den Stuhl nach hinten und erhebt sich bedächtig.
»Ich hatte dich gebeten, nicht unangemeldet hier zu erscheinen.« Er spricht leise und absolut emotionslos.
»Ich hab dreimal angerufen, aber da war nur der Anrufbeantworter dran.«
»Und weil du daraus messerscharf schließen kannst, daß ich nicht zu Hause bin, kommst du hierher? Verblüffende Logik!«
Die Dame lehnt immer noch reglos am Pfosten, läßt die Rose aus der Hand gleiten und verbreitet eine extrem ungute Stimmung. Sie erinnert fatal an einen Dampfkochtopf, der schon lange auf der heißen Herdplatte steht und jeden Moment zu explodieren droht. Die Katze, eben noch friedlich eingeringelt auf dem Kissen vor dem Kamin, erhebt sich argwöhnisch, eilt auf leisen Pfötchen, leicht geduckt, mit gesträubtem Fell und peitschendem Schwanz in Richtung Bücherregal und verschwindet in dem dunklen Winkel unter dem untersten Fach. Die Dame bewegt sich zwei Schritte nach vorn, schaut mich an und meint in seine Richtung:
»Hast du ein Faible für alte Weiber entdeckt?«
Sie zieht an der Kordel ihres schwarzen Lederrucksäckchens, das an ihrer Hüfte baumelt, faßt hinein und zieht eine Schachtel Zigaretten hervor. Dann

geht sie mit langsamen Schritten auf die Theke zu, zerrt einen Barhocker schnarrend über den Terracottaboden, hockt sich drauf, schiebt die Zigarette zwischen die dunkelroten Lippen und sagt lächelnd zu Christoph: »Magst du mir kein Feuer geben?«
»Nein!«
»Das dachte ich mir«, greift in das Rucksäckchen, das sie mittlerweile auf den Tresen gelegt hat, holt ein Feuerzeug heraus, zündet sich die Zigarette an und nimmt einen tiefen Zug. Es riecht nach Marihuana.
»Zieh hier keine Show ab und verschwinde!« Christoph geht behutsam auf die schwarze Dame zu und bleibt zwei Meter vor ihr stehen.
»Leck mich am Arsch, du Wichser!« Sie spricht ruhig und bedächtig.
»Muß ich dich raustragen?« Seine Worte klingen sanft und freundlich, als würde er ein kleines Mädchen fragen: »Soll ich dir eine Gutenachtgeschichte vorlesen?«
Sie geht auf seine Frage nicht näher ein und sagt stattdessen: »Nein, danke, aber du darfst mir ein Glas Wein geben.«
»Kiffen und Wein trinken vertragen sich nicht, das hab ich dir schon tausend Mal gesagt!«
»Was du sagst, interessiert mich einen Scheißdreck, das hab ich auch schon tausend Mal gesagt!«
Sie steht auf, schreitet auf ihren Brikettsohlen zu einem Bauernschrank, nimmt ein Glas heraus, kommt auf den Eßtisch zu, greift nach der Flasche im Weinkühler, kippt sich das Glas voll, bückt sich zu mir runter, bis ihre Nase vor meiner schwebt, und gurrt:

»Na, hast du ihm schon einen geblasen? Das mag er nämlich ganz besonders.« Sie lacht scheppernd und leert das Glas in einem Zug.
Dann geht sie auf Christoph zu, baut sich vor ihm auf und krallt ihre rechte Hand in seinen Schritt.
»Ich hoffe für dich, daß die Alte sich genauso gut um dieses Gewächs kümmert wie ich!« Mit der linken Hand schiebt sie sich die Zigarette in den Mund, zieht und pustet ihm den Rauch ins Gesicht. Er packt ihre Hand, dreht sie auf den Rücken und schiebt die schwarze Dame in Richtung Flur. Sie lacht wieder scheppernd, dreht den Kopf zurück in meine Richtung und keift: »Wo hast du die denn aufgegabelt? Auf dem Golfplatz? Klar, auf dem Golfplatz, wo denn sonst, so wie die aussieht. Brave, erfolgreiche Tochter von bravem, erfolgreichen Pappi! Sowas gefällt dir, häh? Solche Schlampen wie ich eine bin, sind nichts für den Herrn Doktor? Mit denen kann man keinen Staat machen, die sind gerade gut zum Vögeln, häh?«
Mittlerweile hat sie sich aus seinem Griff gewunden und steht wie eine schwarze Rachegöttin mitten im Raum, hoch aufgerichtet, ihre dunklen Augen speien Funken.
»Halt deinen Mund und verschwinde!« zischt Christoph.
»Das hättest du wohl gern! Die da soll verschwinden!« Ihre erhobene Hand fuchtelt erregt in meine Richtung. Das erste vernünftige Wort, das sie von sich gibt, finde ich und stehe auf. Greife meine Handtasche, mache einen vorsichtigen Bogen um die Dame, ziehe meine Jacke im Flur vom Haken, rufe

zu Christoph, der ratlos zwischen ihr und mir steht, »Ich ruf dich an« und marschiere entschlossen zur Eingangstüre. Er läuft hinter mir her und erwischt mich, als ich schon die Klinke in der Hand habe. Zerknirscht steht er vor mir. »Entschuldige das Chaos, ich hätte schon längst das Schloß auswechseln sollen!« Er zuckt mit den Achseln.
»Ist okay«, winke ich großzügig und drücke die Klinke runter, gebe ihm ein Küßchen auf die mit rotblonden Bartstoppeln angerauhte Wange und schlüpfe durch die Tür. Während ich die Holztreppe hinunterpoltere, höre ich sie in der Ferne hysterisch keifen, und ich bin froh, heil davongekommen zu sein. Die schwarze Dame hat etwas Dämonisches, Unberechenbares, ihr hätte ich alles zugetraut, auch ein kleines Schießeisen im Rucksäckchen. Man redet sich zwar ein, daß solche Sachen immer nur anderen Menschen passieren, aber man muß im Leben mit allem rechnen, auch mit einer Pistolenkugel von einer Psychopathin, der die Birne durchbrennt.
Wieder zu Hause, fordert mich Harrys Stimme auf dem Anrufbeantworter mehrmals auf, ihn zurückzurufen. Der letzte Anruf war vor einer Stunde und klingt ziemlich ungehalten.
Ich wähle seine Nummer. »Wo steckst du denn den ganzen Tag?« Er ist ganz eindeutig sauer.
»Ich war beim Friseur und anschließend in der Stadt. Dort ist mir eine ehemalige Kollegin über den Weg gelaufen, und wir sind essen gegangen.« Die reine Wahrheit wäre jetzt bestimmt fehl am Platz.
»Du hättest ja ruhig mal anrufen können.« Diesen Vorwurf kann ich verstehen und sage ihm das. Mein

Verständnis nutze ihm jetzt auch nichts mehr, gibt er verstimmt zurück. Außerdem habe ich ihn geweckt, und er wolle jetzt weiterschlafen. Ob ich denn schon Koffer gepackt hätte. »Nö«, sage ich, und er meint, es ginge ihn ja nichts an, wann ich meinen Koffer packe, aber morgen um punkt neun würde er mit einem Taxi vor meiner Tür stehen, und punkt zehn nach neun würde das Taxi in Richtung Flughafen starten, und zwar ohne Rücksicht darauf, ob ich fertig sei oder nicht. Ich versichere dem besorgten Vater, punkt neun Uhr gestiefelt und gespornt auf meinem gepackten Koffer zu sitzen. Er meint skeptisch »Na hoffentlich!«, wünscht mir noch eine gute Nacht, legt auf, und ich gehe ins Bett. Während ich allmählich dahindämmere, schwirren Christoph und die schwarze Dame durch meinen Kopf. Ich werde ihm eine Ansichtskarte schreiben.

18. Vorgrün

Um halb sieben klingelt der Wecker, an die Fensterscheibe klatschen Regentropfen, draußen heult der Wind. »Für die Jahreszeit zu kalt«, sagt der Mann im Radio. Da hat er recht, fünfzehn Grad, und das Anfang Mai, also genau das richtige Wetter, um in warme Gefielde zu fliehen.

Ich hole den Koffer aus dem Keller und stehe ratlos vor meinem Kleiderschrank. Immer wieder dasselbe Problem, was soll ich einpacken? Ich werfe T-Shirts, Unterwäsche, Bikini, Röcke, Blusen, Jeans, Schuhe und Gürtel auf's Bett. In der Küche pfeift der Wasserkessel, der Kater miaut mißvergnügt, irgendwie scheint er zu ahnen, daß ich verreise, und das kann er überhaupt nicht leiden. Als ich das letzte Mal von einem mehrwöchigen Urlaub zurückkam, sagte meine Zugehfrau, die täglich eine Stunde lesend oder fernsehend in meiner Wohnung verbracht hat, damit er nicht total vereinsamt, daß er bei jedem Geräusch im Flur hektisch zur Wohnungstür geeilt sei, um dann enttäuscht wieder zurückzutrotten. »Er hat Sie total vermißt, das hab ich ganz deutlich gemerkt!« betonte sie mehrmals, entsprechend habe ich ein schlechtes Gewissen und würde den kleinen Kerl am liebsten mitnehmen. Ich nehme ihn auf den Arm und flüstere ihm ins Ohr, daß ich ihn lieb habe, er stibbert sein feuchtes Näschen in mein Gesicht, reckt sein kuscheliges Köpfchen meinen Hals entlang und schnurrt wie ein kleiner elektrischer Rasenmäher. Man könnte vermuten, er macht das alles aus voller

Absicht, nur damit ich es nicht über's Herz bringe, ihn allein zu lassen.
Unschlüssig stehe ich vor dem Kleiderhaufen auf meinem Bett, als es klingelt. Es ist erst kurz nach acht, und vor der Tür steht Harry. »Na, bist du fertig?« fragt er. Ich sage nichts, sondern gehe ins Schlafzimmer, deute auf das Durcheinander auf dem Bett, und er sagt: »Das hab ich geahnt! Was um Gotteswillen hast du vor?«
Er greift in den Haufen, greift sich jedes Teil, inspiziert es und teilt dann auf in »mitnehmen« oder »hierlassen.« Zeternd will ich wissen, was ihm denn eigentlich einfalle, schließlich sei ich erwachsen und könne allein entscheiden, was ich einpacke und was nicht. Lakonisch meint er, ganz offensichtlich sei das nicht der Fall, das Taxi warte und er habe keinerlei Lust auf irgendwelche Diskussionen.
Nach einer Viertelstunde schleppt Harry den Koffer in den Flur und meint, ich solle mich sputen. Ich sause durch die Wohnung, überprüfe im Bad die Wasserhähne, lege in der Küche meine Hand auf die Herdplatten, rüttle unter der Spüle am Zulaufhahn für die Waschmaschine und gucke im Gästezimmer nach, ob das Bügeleisen nicht mehr am Strom steckt. Dieses Verhalten mag einem Beobachter sonderbar vorkommen, aber wenn ich es mir verkneife, sitze ich nachher im Flugzeug, sehe die Landschaft unter mir in den Wolken verschwinden, nippe genüßlich am ersten Glas Sekt, und plötzlich fällt mir siedendheiß die Herdplatte ein, auf der ich das Teewasser gekocht habe, und ich kann mich nicht erinnern, ob ich sie ausgemacht habe. Sie erscheint vor meinem

geistigen Auge, rot und glutheiß, und dann steigt Qualm auf. Die ersten Flammen züngeln über die Arbeitsplatte und erfassen die Regale über der Anrichte, dann brennt die ganze Küche, das Feuer greift ins Wohnzimmer über, und schließlich steht die ganze Wohnung in Flammen. Das Schlimmste aber ist mein Kater. Ich sehe ihn vor mir, wie er in panischem Entsetzen und Zuflucht suchend vergeblich von Zimmer zu Zimmer rast, bis auch ihn die Flammen erfassen. Schrecklich! Und diese Gedanken werde ich nicht los, bleiern hängen sie mir in den Gliedern und kein »Du wirst die Herdplatte schon ausgemacht haben, das machst du ganz automatisch« entlastet mein Gemüt. Einmal habe ich vom Flughafen aus versucht, meine Nachbarin ausfindig zu machen. Nach diversen Telefonaten hatte ich sie in ihrem Büro endlich an der Strippe und dringend gebeten, nach Hause zu fahren, in den Keller zu gehen, den zwischen der dritten und vierten Holzlatte meines Kellerverschlages versteckten Ersatzschlüssel herauszufischen und nachzuschauen, ob alles in Ordnung sei. Natürlich war alles in Ordnung, aber seitdem überprüfe ich vor jeder Reise sämtliche Gefahrenquellen. Mir ist bewußt, daß das Ganze an Neurose grenzt, aber wenigstens brauche ich nicht mehr darüber nachzugrübeln, ob das Bügeleisen bereits den Parkettboden in Brand gesetzt hat.
Zum Abschied streichle ich den Kater, der unter einem Stuhl hockt und mißtrauisch mein Treiben beobachtet, schreibe ein paar Grüße auf den Zettel an die Zugehfrau, lege eine Tafel Haselnußschokolade oben drauf, greife meine Handtasche und ziehe die

Wohnungstür hinter mir zu. Das Taxi steht mit laufendem Motor auf der Straße, der Regen peitscht mir ins Gesicht, ich lasse mich auf den Rücksitz plumpsen, und Harry will wissen, ob ich meinen Paß eingesteckt habe.
»Selbstverständlich!« raunze ich.
»Wo ist er denn?« hakt er nach.
»In der schwarzen Reisetasche«, ich seufze genervt und lehne mich zurück. Der fette, nach Schweiß stinkende Taxifahrer beobachtet uns mit unverhohlener Neugierde im Rückspiegel und biegt dynamisch um die Kurve.
»Und wo, bitte, ist deine Reisetasche?« Harry ist immer noch nicht zufrieden.
»Im Kofferraum, nehme ich an!«
»Im Kofferraum befinden sich lediglich zwei Koffer!«
»Und wo hast du die Tasche hingestellt?«
»Welche Tasche?«
»Die schwarze Reisetasche natürlich, frag doch nicht so dämlich!«
»Ich habe keine schwarze Reisetasche gesehen!«
»Ich denke, du hast sie runtergetragen!«
»Ich habe den Koffer runtergetragen. Und sonst nichts!«
»Ach du Scheiße!«
Der transpirierende Taxifahrer, der genüßlich unseren Worten lauscht, steigt unaufgefordert in die Bremse, haut den Rückwärtsgang rein, wendet und fährt mit quietschenden Reifen zurück. Ich haste nach oben, die Tasche steht neben dem Bett.
»Ja, ja, wenn ich nicht an alles denke ...« murmelt Harry selbstzufrieden, als ich wieder neben ihm sitze.

»Ach, halt doch die Klappe«, schimpfe ich leise vor mich hin und hoffe, daß er es hört.
Am Flughafen reißen wir das Gepäck aus dem Auto und stürmen in die Halle, in zwanzig Minuten geht der Flieger. Alle Mitreisenden befinden sich augenscheinlich bereits in der Maschine, denn der Schalter ist menschenleer. Wir knallen unsere Pässe auf den Schalter und erfahren dann von einer liebenswürdig lächelnden Dame mit blauem Hütchen, daß der Abflug um zwei Stunden verschoben wurde. Das sei allen Reisebüros vor drei Tagen mitgeteilt worden. Aha! Unser Reisebüro scheinen sie wohl vergessen zu haben.
Wir streifen gelangweilt im Flughafen umher, trinken miserablen Kaffee und besteigen dann irgendwann am frühen Nachmittag das Flugzeug. Ich rege mich gar nicht mehr auf, es würde sowieso nichts bringen, sondern quetsche mich in die enge Reihe und möchte schon angekommen sein, vor uns liegen ungefähr zehn Stunden Flug.
Kaum ist der Flieger oben, servieren asiatische Stewardessen mit nettem Lächeln das obligatorische Essen. In hellbrauner Instantsoße schwimmen zu weiche Nudeln und eine Scheibe faserige Putenbrust, der Salat ist eiskalt und tut an den Zähnen weh, die fade Semmel bröselt und die rosarote Creme schmeckt nach Friseur. Unlustig stochere ich in der Aluminiumschale herum und beschließe, mich an den Wein zu halten.
Nach dem Essen gibt es Kino, Harry fläzt im Sitz herum, trinkt Dosenbier, ißt ein Erdnußtütchen nach dem anderen leer und amüsiert sich königlich über

Tom und Jerry, die sich auf dem von der Decke hängenden Bildschirm gegenseitig in die Pfanne hauen. Nachdem er zwei weitere Dosen und fünf Tütchen intus hat, meint er vergnügt: »Harry müde!« streckt seine Beine auf die zwei freien Sitze neben sich, bettet seinen Kopf in meinen Schoß, deckt sich mit der kleinen Decke zu, die ihm die Stewardeß gebracht hat und schließt die Augen. Nach wenigen Minuten schnarcht er mit leicht geöffnetem Mund, seine Beine zucken und seine Hände liegen wie die eines Babys gekreuzt auf der Brust. Ich fahre mit der Hand durch seine strohigen Haare, die widerborstig und zum Besitzer passend vom Kopf abstehen. Er wacht für einen kurzen Moment auf, zieht sich die Decke über die Schultern, kuschelt sich grunzend an meinen Bauch und schläft weiter. In solchen Momenten mag ich ihn besonders.

19. Pitch

Nach einem einstündigen Zwischenstop in Abu Dhabi kommen wir am nächsten Vormittag endlich an. Wir landen in Colombo, der Hauptstadt Sri Lankas. Die Maschine rollt noch, schon beginnt das gewohnte, hektische Treiben. Die Menschen zerren das Handgepäck aus den Klappen über ihren Köpfen und trampeln ungeduldig zu den Ausgängen. Es ist immer wieder dasselbe. Sie drängen und schubsen nach draußen, eilen ungeduldig zum Gepäckband, obwohl sie wissen, daß die Koffer noch gar nicht dort sein können und sie wieder warten müssen.

Mühselig zwänge ich meine durch das lange Sitzen angeschwollenen Füße in die Schuhe, ziehe die Jacke an, hänge die Reisetasche über die Schulter und steuere durch den engen Mittelgang. Das ganze Flugzeug sieht aus wie eine Müllhalde. Auf, zwischen und unter den Sitzen liegen zerfledderte Zeitungen, Magazine, Bananenschalen und andere Obstreste, kullern leere Bierdosen und kleine Wein- und Sektflaschen herum, aus umgekippten Pappbechern fließen schmale Rinnsale aus kaltem Kaffee, Tee und Säften, dazwischen lagern achtlos fallengelassene Kopfkissen und Wolldecken. Jeder läßt alles stehen und liegen, kein Mensch kümmert sich um seinen Abfall.

Der Flugkapitän und die Stewardessen sagen freundlich »Good-bye«, ich trete auf die Plattform der Gangway, und mich trifft fast der Schlag. Es ist heiß

und feucht, innerhalb einer Minute bin ich schweißgebadet.
Ein klappriger Bus fährt uns zum Flughafengebäude, durch den schwarzgrauen Himmel zucken grelle Blitze, und es fängt wie aus Eimern an zu schütten. Ein für Sri Lanka typisches Tropengewitter heißt uns willkommen.
Die zehn Meter vom Bus zum Gebäude reichen, und wir sind patschnaß. Feucht, aber warm stehen wir am Laufband und harren der Koffer, die da kommen sollen. Sie kommen aber vorläufig nicht, weil das Gepäck aufgrund des Gewitters nicht aus der Maschine geholt werden kann. Nach einer dreiviertel Stunde ist es dann soweit, Harry und ich rappeln durch die Halle und werden von dubiosen Gestalten umlagert, die uns ihre Dienste anbieten. Preiswerte Mietautos inklusive Chauffeur, sensationelle Touren zu historischen Sehenswürdigkeiten und abenteuerliche Elefantentrips – alles ist besser und billiger als beim Nebenmann. Wir entscheiden uns schließlich für einen seriös scheinenden, dunkelhäutigen Menschen in sauberem Anzug und einem Englisch, das man einigermaßen versteht, mieten ein Auto mit Fahrer für fünf Wochen und buchen ein pauschales Hotelarrangement für die gesamte Reise. Unser Fahrer ist klein, zierlich, dunkelhäutig, ungefähr Mitte dreißig, ein Schneidezahn fehlt ihm, der andere ist auch schon halb abgefault, er spricht englisch mit starkem Akzent und schafft es mit einem Schraubenzieher nach einigen Minuten, die linke hintere Tür unseres Mietautos zu öffnen. Durchnäßt von Schweiß und Regen hängen wir erschöpft in den

Plastiksitzen und lassen uns in den Süden der Stadt kutschieren. Dort liege das Hotel, und die Fahrt dauere eine halbe Stunde, meint Ciril, so heißt unser Fahrer. Na gut, das werde ich auch noch überstehen. Ich sehne mich nach einer kalten Dusche und einem kühlem Drink.

Die Luft ist nach wie vor unerträglich heiß und stickig, der Regen hat sie kein bißchen abgekühlt, sondern mit zusätzlicher Feuchtigkeit angereichert. Ich klebe auf dem Kunststoffsitz und starre nach draußen, von wo eine unglaubliche Mischung von fremdländischen Eindrücken über mich hereinbricht. Menschenmassen strömen kreuz und quer durch die Straßen, Frauen, von unten bis oben in bunte Saris gehüllt, schreiten aufrecht und majestätisch durch die Menge, Männer mit knöchellangen, weißen Tüchern um die Hüften eilen zu Geschäften, diskutieren, verhandeln und verkaufen irgendwelche Waren. Auf den Gehsteigen hocken Jugendliche im Staub und bieten auf schmutzigen Wolldecken oder den Seiten auseinandergerissener Kartons Apfelsinen, Mandarinen, Kokosnüsse und riesige Brotfrüchte feil. Räudige Hunde tapsen auf der Suche nach Futter orientierungslos hin und her, frisch geschlachtete und von Fliegen umschwirrte Hühner, Lämmchen, Schweine- und Rinderhälften pendeln an großen Haken in offenen Läden und verbreiten den süßlichen Geruch nach Blut. Vor winzigen Garküchen dienen ausrangierte, schwarz verrußte Ölfässer als Feuerstelle für flache Blechschüsseln und Pfannen, in denen Reis, Gemüse und Fleisch brut-

zeln, beißende Qualmwolken und Ochsenkarren ziehen durch die Gassen, ausgemergelte Kühe zotteln gemächlich durch das hektische Treiben oder liegen schlafend mitten auf der Fahrbahn. Autos hupen ununterbrochen und bahnen sich den Weg durch Schlaglöcher und dieses chaotische Gewusel von Menschen und Tieren. Es herrscht ein unglaublicher Lärm und Gestank, hin und wieder liegt ein Hundekadaver im Rinnstein, und jedermann findet das vollkommen normal, die Menschen sind fröhlich und lachen. Harry lacht auch und deutet auf eine Gruppe von Menschen, die einen Sarg aus rohen Brettern über ihren Köpfen durch das Gedränge tragen. Auch sie sind bester Stimmung, gleich drehe ich durch, befürchte ich und mache die Augen zu. Wo bleibt denn nur das Hotel? Wann sind wir denn endlich da? Ich bin fix und fertig und brauche dringend was kühles Feuchtes für meine ausgetrocknete Kehle.
Die angekündigte halbe Stunde ist schon dreimal überfällig, und ich gebe resigniert die Hoffnung auf, daß wir irgendwann einmal ankommen, als plötzlich das Chaos aufhört. Wie abgeschnitten. Keine Autos mehr, keine Menschen, vor uns liegt das Hotel, imposant und in englischem Kolonialstil. Endlich!

Ich stehe auf dem kleinen Balkon unseres Zimmers und schaue direkt auf das Meer. Riesige, schaumgekrönte Wellen krachen an den Strand, Kokospalmen schütteln ihre Köpfe im Wind, und Harry meint: »Komm, wir gehen was trinken.«
Hervorragende Idee. Frisch geduscht, mit frischen

Klamotten und offenen Sommerlatschen, in denen meine schmerzenden Füße bequem Platz finden, erkunden wir das Hotel. Es ist hochherrschaftlich und ziemlich verwinkelt. Nach längerem Suchen finden wir hinter dem Gebäude eine kleine Freiluftbar, dort bestelle ich mir ein Glas Wein, trinke es ziemlich schnell leer und rufe nach einem zweiten. »Brüll hier nicht so rum«, meint Harry, »und außerdem trinkst du zu schnell!«

»Erstens brülle ich nicht und zweitens trinke ich so schnell wie ich will. Fängst du schon wieder an, mir Vorschriften zu machen? Ich bin erwachsen und brauche keinen Vater, der mir sagt was ich tun und lassen soll!«

»Ich bin nicht dein Vater!«

»Das habe ich auch nicht gesagt, ich habe nur ...«

»Du brauchst nicht zu wiederholen, was du gesagt hast. Ich kann mich gut daran erinnern.«

»Fein! Und ich kann mich erinnern, daß du gesagt hast, ich soll nicht so viel trinken.«

»Du hast mal wieder nicht zugehört.«

»Ich habe dir genau zugehört!«

»Dann weißt du auch, was ich gesagt hab!«

»Du hast gesagt, ich soll nicht so viel trinken«.

»Nein, verdammt, das habe ich nicht gesagt!«

»Sondern?«

»Ich habe gesagt, du trinkst zu schnell.«

»Menschenskind, hör doch auf mit deiner ewigen Wortklauberei! Wo ist denn da der Unterschied?«

»Tja, wenn du das nicht weißt, brauchen wir gar nicht mehr weiterzureden. Das hat ja eh keinen Sinn, deine Vaterproblematik hat dich mal wieder einge-

holt, und dafür bin ich nicht zuständig, da kann nur ein Therapeut helfen.«
Gut gebrüllt, Löwe Harry! Irgendein Einwand meinerseits ist vollkommen fehl am Platz. Ich weiß das, kann aber trotzdem meinen Mund nicht halten. Es kommt einfach über mich.
»Ich habe keine Vaterproblematik! Und wenn ich doch eine habe, dann hast du eine Mutterproblematik, du mit deiner Übermutter! Die steht ja ganz hoch oben auf dem Podest, an die kommt ja kein Mensch ran, und ich erst recht nicht! Und ganz abgesehen davon hast du unbewußt Schiß vor ihr, weil du Angst hast, ihren Ansprüchen nicht gerecht zu werden. Und diese überkandidelten Ansprüche, die du selbst nicht erfüllst, stülpst du dann mir über. Und dabei fällt dir gar nicht auf, daß du mich so behandelst, wie sie dich behandelt ... Aber das willst du alles nicht wahrhaben!«
So, das ist mal wieder draußen, und natürlich folgt die Revanche umgehend.
»Deine Laienpsychologie kannst du dir sparen. Erstens langweilt sie mich, und zweitens bist du es, die meine Mutter nicht leiden kann, das ist eindeutig!«
»Ach, weißt du, ich habe jetzt keine Lust mehr zu diskutieren. Das bringt einfach nur Streß! Ich hab den Eindruck, daß du mich einfach nicht verstehen willst.« Ich resigniere und greife zum Weinglas.
»Prost!« wünscht Harry zynisch.
Ich sage nichts mehr, hole einen Liegestuhl und lege mich unter eine Palme. Als ich mich nach einer Weile nach ihm umschaue, ist er verschwunden. Ich drehe suchend den Kopf und kann ihn gerade noch

an seinen knallblauen Shorts am Horizont erkennen. Er spaziert den Strand entlang und löst sich allmählich im Dunst auf. Eine dicke Wolke schiebt sich vor die Sonne, ich fröstele, gehe ins Zimmer und lege mich aufs Bett. Wie kann ich solche ermüdenden Diskussionen umgehen? Indem ich den Mund halte. Aber das kann doch nicht die Lösung sein, ich habe auch überhaupt keine Lust, den Mund zu halten, im Gegenteil. Ich will mit meinem Partner reden, diskutieren und durchaus auch mal streiten. Aber mit Ergebnis bitte, mit Konsens, wenn möglich. Auf keinen Fall mit gegenseitigen Vorwürfen und Schuldzuweisungen. Über diesen Überlegungen schlafe ich ein und wache erst auf, als Harry mit Getöse an die Tür donnert, er hat keinen Schlüssel.

Das Abendessen findet auf der Terrasse statt. Über uns stehen die Sterne, unter uns rauscht das Meer. Hart und unregelmäßig klatschen die Wellen an die Mauer, feine Gischt schwebt über den Tischen. Die Luft ist warm, das Essen höllisch scharf, neben dem Swimmingpool bauen dunkelhäutige Musiker ihre Instrumente auf. Während der Nachspeise fangen sie an zum Tanz aufzuspielen. Nach und nach erheben sich die Pärchen, ziehen im Takt der Musik große Kreise auf der steinernen Tanzfläche, schreiten im Tangoschritt graziös hin und her, die Damen lächeln glücklich nach oben, die Herren strahlen stolz zurück. Als ich Harry sage, daß ich auch gern tanzen würde, meint er, dafür müsse ich mir jemand anderen suchen, tanzen, das sei nichts für ihn. Außerdem sei er jetzt müde und wolle gehen, ich könne ja noch bleiben. Spricht's und geht. Verblüfft schaue ich ihm hinterher, wie er mit raschen Schritten in der Dunkelheit verschwindet. Er läßt mich tatsächlich allein. Nun gut, dann bestelle ich mir noch was zu trinken. Verlassen sitze ich am Tisch, halte mich am Weinglas fest und beobachte neidisch die tanzenden Pärchen.

Als ich ins Zimmer komme, schläft Harry bereits, zumindest tut er so, denn er regt sich nicht. Ich taste mich durch die Dunkelheit in das Badezimmer, putze mir die Zähne, schleiche zum Bett und lasse mich vorsichtig neben ihn sinken. Keine Reaktion. Ich kuschle mich an seinen Rücken, immer noch keine Reaktion. So tief schläft kein Mensch, und ich interpretiere die stumme Botschaft so, daß er seine Ruhe haben will. Die kann er haben. Ich drehe mich wieder weg.

Mitten in der Nacht wache ich auf, weil das Bett wackelt. Ein Erdbeben! Das ist mein erster Gedanke. Es ist aber nicht die Erde, die bebt, sondern Harry, der sich einen runterholt. Starr liege ich da, lausche dem rhythmischen Schaben seines Handrücken am Laken und spüre das sanfte Vibrieren der Matratze. Wie soll ich jetzt reagieren? Ich bin hin und her gerissen. Einerseits ist die Rolle der unfreiwilligen Voyeurin sehr reizvoll, andererseits törnt mich sein Treiben in höchstem Maße an, und am liebsten würde ich meinen Bauch an seinen Hintern drücken und ihm das Spielzeug aus der Hand nehmen. Ich überlege nicht mehr lange und robbe behutsam zu ihm hinüber.

20. Tee

Am nächsten Tag machen wir vormittags einen kleinen Ausflug in die Stadt und lümmeln für den Rest des Tages auf den Liegestühlen im Schatten der Palmen herum, schauen auf das Meer, lesen oder dösen vor uns hin. Am Strand sind außer uns nur wenige Menschen, weil die Hauptsaison im Winter ist und die Touristen um diese Zeit zu Hause bleiben. Am Abend sitzen wir wieder auf der Terasse, essen wieder ein höllisch scharfes Curry, während glutrot die Sonne ins Meer sinkt, und statt Musik gibt es heute als Beigabe zum Dessert einen Gaukler, der Feuer und Schwertklingen schluckt, über glühende Kohlen läuft und sich zum krönenden Abschluß mit nacktem Oberkörper auf ein Bett von spitzen Glasscherben legt und einen Zuschauer auffordert, sich auf seinen Bauch zu stellen. Anschließend präsentiert der Gaukler stolz seinen unversehrten Rücken, das Publikum murmelt erstaunt und klatscht begeistert Beifall. Harry klatscht auch und bestellt mir noch einen Wein, unaufgefordert. Meine nächtliche Aktivität von gestern zeigt noch ihre positive Nachwirkung. Ist eigentlich ganz leicht, ihn bei guter Laune zu halten. Für Männer hat Sex einfach einen anderen Stellenwert als für Frauen. Frauen brauchen ein bißchen Romantik darum herum, meistens. Es gibt allerdings auch Ausnahmen, ich erinnere mich da an die Begegnung mit Christoph. Da hat mir die Romantik komischerweise nicht gefehlt. Keine Ahnung warum. Auf alle Fälle werde ich ihm eine Karte schicken, wenn Harry es nicht mitkriegt, natürlich. Sonst würde er fragen »Wer ist denn Christoph?« Ich würde ertappt herumstottern, und Harry würde etwas vermuten, das nicht stattgefunden hat.

Am nächsten Tag fahren wir an der Küste entlang in Richtung Süden und verbringen eine Woche in einer kleinen Anlage direkt am Meer. Ein Dutzend runder Holzhütten mit spitzem Dach liegt verstreut unter riesigen tropischen Bäumen, nur wenige Meter entfernt von einer kleinen Bucht mit weißem Sandstrand, Palmen und türkisfarbenem Wasser. Genauso stellt man sich Urlaub vor.

Von morgens bis abends liegen wir entweder in geflochtenen Korbstühlen auf der Veranda oder im Sand unter Palmen, lesen oder beobachten die zutrauliche Affenfamilie, die sich akrobatisch durch die Bäume hangelt und auf gute Gelegenheiten wartet, mit schnellem Griff Obst zu stibitzen. Manche sind so kess und reißen einem die Banane direkt aus der Hand. Mit gellem Siegesgeschrei stieben sie dann davon.

Riesige Wogen donnern heran, türmen sich zu haushohen Wellen auf und krachen am Strand mit Getöse in sich zusammen. Nachts, im Dunkeln hört sich dieses Geräusch an wie ein wütender Herbststurm.

Schwimmen ist zu dieser Jahreszeit unmöglich. Wird man von einer dieser gewaltigen Wellen gepackt, wirft sie einen auf den Strand und man bricht sich alle Knochen. Das ist die bessere Variante. Die schlechtere ist die, daß es einem zwar gelingt, unbehelligt durch die Wellen zu tauchen, man dann aber in die Strömung gerät und von ihr unaufhaltsam nach draußen gezogen wird. Dagegen anzuschwimmen kann man getrost vergessen. Hilflos wie ein Streichholzschächtelchen treibt man dem Tod durch Ertrinken oder Erschöpfung entgegen.

Harry erklärt mir das alles und warnt dringend davor, mehr als zehn Meter hinauszuwaten. Diese Gefahr besteht bei mir nicht, weil ich lieber in Süßwasserpools herumpaddle. Einerseits hinterläßt das Wasser dort nicht diese unangenehm spannende Salzschicht auf der Haut, und andererseits brauche ich mich nicht vor Quallen, Seeigeln und anderem Getier zu fürchten. Im Meer würde ich mich nur mit Gummianzug, Schuhen und Handschuhen so richtig wohl fühlen. Das kann Harry beim besten Willen nicht nachvollziehen und tippt sich verständnislos an die Stirn. »Du spinnst ja!« sagt er. »Die Fische haben Angst vor dir und nicht umgekehrt!« Mag sein, aber eine intensive Begegnung mit einem Seeigel reicht mir. Vor einigen Jahren trat ich aus Versehen auf einen drauf, und es war eine mühselige Tortur, die Stacheln aus meiner Fußsohle zu ziehen. Außerdem tat es schrecklich weh, und ich konnte mehrere Tage nur humpeln.

Da Harry, ich und ein anderes Pärchen die einzigen Gäste sind, langweilt sich der Koch und bewirtet uns königlich. Zum Abendessen verwöhnt er uns immer mit einer riesigen Auswahl an Currys. Gebratene Auberginen mit Sesam, fritierte Bananenblüten, Rindfleisch mit Bohnen, Rindfleich mit Chilli, Rindfleisch mit Kraut, Hühnchen mit gelben Rüben, Hühnchen mit Lauch, Hühnchen mit Paprika und andere Mischungen, alles dekorativ zwischen Bananenblättern auf einem langen Holztisch dargeboten. Wir bedienen uns selbst, können soviel nehmen wie wir wollen, und heute habe ich großen Hunger.

»Mußt du dir immer so riesige Portionen auf den Teller laden. Es ißt dir keiner was weg«, rügt Harry mit Blick auf meinen Teller, »man könnte annehmen, du hättest seit Tagen nichts zu essen bekommen.«

Schlagartig zieht es mir den Magen zusammen, eine unglaubliche Wut steigt in mir hoch, und ich muß mich mit aller Macht beherrschen, um nicht den Teller über ihm auszuleeren. Muß er denn zu allem seinen Kommentar abgeben, an allem rumkritteln, ständig den Übervater raushängen?

Mittlerweile habe ich gelernt, daß Diskussionen mit Harry nichts bringen, also halte ich den Mund. Aber mein bis eben noch enormer Appetit hat sich in Nichts aufgelöst, lustlos stochere ich im Essen herum, in der Magengegend steckt ein Kloß, und ich lege das Besteck zwischen Gemüse und Reis. Der Teller ist noch halbvoll.

»Siehst du jetzt, was ich meine?« Harry deutet vielsagend auf meine Essensreste, und mir platzt der Kragen.

»Halt doch einfach mal die Schnauze, und sag mir nicht dauernd, was ich tun und lassen soll! Ich kann es nicht mehr hören!« brülle ich und werfe ihm meine Serviette ins Gesicht.

Er sitzt auf seinem Stuhl, lächelt mich freundlich an, sagt »Weiter so!« und greift zum Bierglas. Ich reiße es ihm aus der Hand und kippe es über seinen Kopf. Er schüttelt sich kurz, lächelt und tupft mit der Serviette lässig die Flüssigkeit vom Gesicht, winkt mit dem leeren Glas in Richtung Kellner und fragt ruhig: »Geht's dir jetzt besser?«

Das ist Harry, nie aus der Ruhe zu bringen, immer bewahrt er die Contenance, und je mehr das Gegenüber ausflippt, desto gelassener gibt er sich. Ich ziehe es jetzt vor, schlafen zu gehen.

Zerknirscht liege ich schließlich im Bett, das war keine gute Aktion, die Sache mit dem Bier. Warum kann ich nicht seelenruhig über das dumme Gequatsche von Harry hinweggehen? Warum lasse ich mich ständig so provozieren? Und vor allem, warum fühle ich mich immer so schuldig? Draußen rauscht das Meer, zirpen grillenähnliche Viecher, und statt daß ich am Strand spazieren gehe und Sterne gucke, liege ich unter dem Moskitonetz und grüble. Scheiß Urlaub! Am liebsten würde ich mich ins Flugzeug setzen und nach Hause fliegen.

Am folgenden Tag ist die Stimmung natürlich restlos versaut. Ich liege auf der Veranda und lese ein Buch, und Harry liegt am Strand. Beim Abendessen entschuldige ich mich bei ihm, und er verzeiht mir großmütig. Ansonsten reden wir so gut wie nichts.

Am nächsten Morgen beginnt die große Besichtigungstour, jeden Tag auf Achse, jede Nacht in einem anderen Hotel. Ciril fährt uns mit seinem klapprigen Auto durch die geschichtsträchtige Gegend, und wir schauen alles an, was es anzuschauen gibt. Historische Stätten mit riesigen, in Stein gehauenen Buddhastatuen, Ruinen alter Königsstädte, Zuckerrohrfelder, Wasserfälle, botanische Gärten, Teeplan-

tagen, Reisterassen, Reliquenschreine und Tempel. Nach einer Woche sind wir so voller Eindrücke, daß wir Erholung brauchen und beschließen, den Rest des Urlaubs bei angenehmen Temperaturen zu verbringen.
Dazu fahren wir nach Nuwara Eliya, der höchst gelegenen Stadt Sri Lankas. Sie ist umgeben von Teeplantagen, Gemüsegärten und Bergregenwäldern und bietet im Vergleich zu den tropischen Küstengebieten ein für Mitteleuropäer ausgesprochen angenehmes Klima, es hat so ungefähr zwanzig Grad. Wir logieren in einem viktorianischen Hotel, mit Blick auf den Golfplatz, wo wir jeden Tag Unterricht nehmen. Ich mache rasch Fortschritte und treffe am Ende der Woche den Ball einigermaßen sicher. Größere Streitereien zwischen Harry und mir finden nicht mehr statt, allerdings fehlen mir nach wie vor die Streicheleinheiten. Harry kommt einfach nicht auf die Idee, mich von sich aus mal in den Arm zu nehmen, zu küssen oder mit mir zu kuscheln, ohne Sex damit zu verbinden. Naja, das ändert sich bestimmt noch. Ich muß nur Geduld haben!
Aber zwischendurch tauchen doch immer wieder mulmige Gefühle auf. Ob es nicht doch ein Fehler war, daß ich die Wohnung gekündigt habe? Wenn ich zurückkomme, muß ich unbedingt meinen Vermieter anrufen, vielleicht hat er noch keinen Nachmieter, und ich kann die Wohnung behalten. Ich könnte sie vielleicht untervermieten. Diese Überlegungen stelle ich an, wenn Harry in die Rolle des Übervaters schlüpft und mich unfreundlich darüber informiert, wo's längs geht.

Später aber, wenn wieder alles in Butter zu sein scheint und Friede, Freude Eierkuchen herrschen, wundere ich mich über solche Gedanken. Selbstverständlich werde ich die Kündigung nicht rückgängig machen. Alles wird gut, ich muß mich eben auch ein bißchen am Riemen reißen und darf nicht ständig so überempfindlich sein. Da hat Harry schon recht!
Nach fünf Wochen und zwei Tagen sitzen wir wieder im Flieger zurück nach München.

21. Score

Ich ziehe also mit Sack, Pack und Kater an den Ammersee. In den folgenden Monaten liegen wir uns fast täglich in den Haaren, das wunderbare Seminar mit Johannes trägt nicht die erhofften Früchte. Eigentlich hätte ich mir das auch denken können, aber der Mensch im allgemeinen, und insbesondere ich in bezug auf Harry, neigt eben dazu, sich ständig in die eigene Tasche zu lügen, getragen von der frohen Hoffnung, daß sich die Probleme mit der Zeit legen. Das tun sie aber nicht, im Gegenteil, sie nehmen überproportional zu.

Anfänglich harmlose Zankereien wachsen sich aus zu verletzenden Wortgefechten, aus denen ich meistens als Verlierer hervorgehe, weil ich seinen rabulistischen Argumentationen einfach nicht gewachsen bin. Es geht immer um dasselbe Thema, ich will reden, er will seine Ruhe haben. Ich will Mißverständnisse klären, unsere Kommunikation verbessern, er meint, mit Reden würde man genau das Gegenteil erreichen. Schaue ich mich um im Freundeskreis, so stelle ich fest, daß die anderen Paare ähnliche Probleme haben. Die Frauen wollen reden, die Männer bestehen auf ihrer Ruhe. Klingt nach Verallgemeinerung, es scheint aber doch viel dran zu sein. Mich tröstet das oft, aber genauso häufig merke ich, wie sehr mir das Gespräch fehlt, der Gedankenaustausch, das gemeinsame Lachen über irgendwelche Nichtigkeiten, das Philosphieren über Gott und die Welt.

Die einzige Gemeinsamkeit, die wir haben, ist das Golfspiel. Mittlerweile beherrsche ich es einigermaßen, und wir verbringen den größten Teil unserer Freizeit auf dem Golfplatz. Da kriegen wir uns zwar auch in die Haare, weil er mir ständig diese guten Ratschläge gibt, von denen der Trainer dringend abgeraten hat. Unaufgefordert Ratschläge zu geben, meint er, sei außerordentlich beziehungsschädigend, und er wisse, wovon er rede, seine jahrelange Erfahrung gäbe ihm recht. Harry nickte zwar mit dem Kopf und versprach, seinen Mund zu halten. Das kann er aber nicht. Und so spiele ich lieber mit anderen Leuten, vorzugsweise mit Frauen, die sind nicht so fanatisch hinter einem guten Handicap her, sondern können auch Spaß haben, wenn sie nicht so gut spielen.
Einmal lief mir auch Christoph mit der schwarzen Dame über den Weg. Er winkte grinsend mit seiner Schildmütze, sie rollte mit dem Golfbag hinter ihm her und würdigte mich keines Blickes. Ich sollte ihn vielleicht doch mal anrufen.

In der dritten Septemberwoche klingelt am Dienstag abend das Telefon. Christa, genannt Christl, ist am Apparat. Sie ist im gleichen Golfclub wie ich, klein und zierlich, ihr Haar steht vom Kopf wie bei Struwwelpeter, sie trägt keine brillibestückten Goldklunker, und ihr Humor ist so trocken wie ein Weihnachtsplätzchen zu Ostern. Hervorstechendstes Merkmal jedoch ist ihr breites Bairisch. »Grüaß di«, sagt sie, »do is'd Christl. Sog, mogst am Sonntog a Turnier mitspuin?«

Ich mag. Erstens, weil ich Christl mag und zweitens Turniere zu spielen für einen Anfänger ungemein wichtig ist, denn jeder Anfänger entwickelt bei Turnieren enormes Lampenfieber, und das ist grundsätzlich schlecht, denn Lampenfieber kostet Schläge, und das ist schlecht für das Ergebnis und daher schlecht für das Handicap. Und das Schönste für einen Golfspieler ist ein niedriges Handicap, das wird aber nur niedrig, wenn er auf seinem Weg von Loch zu Loch so wenig Schläge wie möglich braucht. Und das funktioniert nur, wenn er seinen Ball möglichst weit in Richtung Loch befördert. Nun liegt es in der Natur der Dinge, daß man mit Lampenfieber dazu neigt, genau das nicht zu tun, sondern den Ball irgendwo in die Landschaft schlägt, auf Nimmerwiedersehen in einem See versenkt beispielsweise, in einer Blumenwiese versteckt oder in den Wald schießt. Und wenn man pro Loch auch nur einen Schlag danebensetzt, versaut man sein Ergebnis so gründlich, daß manche Menschen gegen Ende der Runde durch göttliche Fügung einen üblen Anfall von Hexenschuß oder eine sonstige gesundheitliche Beeinträchtigung erleiden. Dadurch schlagen sie zwei Fliegen mit einer Klappe, denn sie schaffen einerseits die perfekte Begründung für den Abbruch der jämmerlichen Runde und entgehen andererseits der Schmach, ihr miserables Ergebnis auch noch schwarz auf weiß anderen Menschen zugänglich zu machen. Denn jedes Turnierergebnis wird minutiös aufgelistet und am Schwarzen Brett veröffentlicht, und für einen Golfspieler gibt es nichts Schlimmeres, als über seinem Handicap zu spielen. Aus diesem

Grund muß ich üben, üben und üben, und die beste Übung ist ein Turnier.
Am Donnerstag ruft Christl nochmal an und teilt mir die Startzeit mit. Sonntag, elf Uhr, in einem Dorf irgendwo westlich von München, und schönes Wetter gäbe es auch, laut Wetterbericht. Wie hoch denn die Startgebühr ist, will ich wissen. »I lad di ei!« sagt sie. Das sei doch wirklich nicht nötig, will ich gleich mit der üblichen falschen Bescheidenheit ablehnen. Der Spruch ist genauso verlogen wie all die anderen, die man täglich unbedacht von sich gibt und die da lauten: »Du wirst von Tag zu Tag jünger ...«, oder »Dich wollte ich auch gerade anrufen ...«, oder »Ich möchte mich ja nicht einmischen ...«, oder »Du hast ja so recht!« oder »Nein, danke, ein Gläschen Wein genügt ...«, oder »Ich will ja nur dein Bestes ...«, oder oder oder. Die Liste läßt sich beliebig fortsetzen. Ich aber habe mir vorgenommen, dieser dümmlichen Schwindelei ein Ende zu bereiten, erstens ist sie niveaulos, zweitens unter meiner Würde, und drittens habe ich nicht viertausend Mark berappt für das Seminar mit Johannes, um nachher wieder in dieselben Fallen zu tappen wie vorher. Also sage ich zu Christa: »Oh, danke, das ist aber lieb von dir!« Wir verabreden uns schließlich für Sonntag vormittag, zehn Uhr.

22. Eagle

Am Samstag abend sitzt Harry vor der Glotze, guckt Sportschau, trinkt Weißbier und wirft sich eine Erdnuß nach der anderen in den Mund. Währenddessen stehe ich in der Küche, wasche Salat, schneide Knoblauch für die Tomatensoße, die schon vor sich blubbert und werfe Spaghetti ins kochende Wasser. »Tor, Tor!« brüllt er zwischen zwei Nüssen und ruft dann in meine Richtung, daß es nett wäre, wenn ich ihm ein Weißbier brächte, er könne jetzt nicht aufstehen, das Spiel sei so spannend. Brav latsche ich in den Keller.

Die Spaghetti brodeln, und Harry meint: »Mach nicht wieder zuviel Nudeln, ich hab keinen großen Hunger.«

»Kein Wunder, wenn du dauernd Erdnüsse ißt!«

»Willst du mir jetzt auch noch vorwerfen, daß ich Erdnüsse esse?«

»Nein, ich habe nur gesagt, daß es kein Wunder ist, wenn du keinen Hunger hast – bei der Menge Erdnüsse, die du dauernd in dich rein schiebst.«

»Ich weiß, was du gesagt hast«, unterbricht er mich, »du brauchst dich nicht ständig zu wiederholen, ich habe ein gutes Gedächtnis.«

»Fein! Dann wirst du dich auch erinnern, daß ich dir nichts vorgeworfen habe.«

Die symmetrische Eskalation bricht wieder über uns herein, ich muß ihr schleunigst ein Ende bereiten.

»Ich wollte damit eigentlich nur sagen, daß ich es schade finde, daß du so viele Erdnüsse ißt, wenn ich koche, weil ich aus Erfahrung weiß, daß du dann keinen Hunger hast.« So, das habe ich doch wirklich nett ausgedrückt.

»Wenn du das schon weißt, warum kochst du dann soviel?«

Das hat er wieder mal ganz prima hingekriegt. Mir liegt auf der Zunge, daß er sich in Zukunft sein Scheißessen doch selber kochen soll, aber das würde mich auch nicht weiterbringen, sondern die brisante Situation nur unnötig verschärfen. Also halte ich den Mund, und Harry schaut weiter fern, Erdnüsse essend. Ich könnte ihm eine reinhauen. Stattdessen gehe ich zurück zum Herd.

Als das Essen fertig ist, decke ich geräuschvoll den Tisch. Harry hockt fest im Sofa verwurzelt, die Sportschau schlägt ihn ganz in Bann. Ich baue mich schräg vor ihm auf, wortlos, aber trotzdem vielsagend. Harry nimmt mich nicht wahr, weil er bis auf's Äußerste konzentriert das Geschehen auf dem Bildschirm verfolgt. Ich bleibe noch einige Sekunden stehen, drehe mich um und gehe weg. »Is was?« ruft er scheinheilig hinter mir her.

»Das Essen ist fertig.«

»Warum sagst du das nicht?«

»Du hast doch gehört, daß ich den Tisch decke.«

»Ja, und?«

Verfluchter Mist, er hat ja recht. Warum rufe ich nicht fröhlich »Harrilein, das Essen ist fertig«, sondern stelle mich blöde und stumm vor ihn hin? Ich gehe auf Harry zu, lege den Arm um seine Schultern und gebe ihm einen Kuß. Unwillig dreht er den Kopf weg. »Was soll denn das!« sagt er deutlich ver-

stimmt. »Versöhnung«, meine ich.
»Es gibt nichts zu versöhnen. So ist es halt zwischen uns, ständig bist du am Rummosern, nicht mal die paar Erdnüsse gönnst du mir.«
»Mensch, ich gönn dir doch die Erdnüsse, es geht doch um ganz was anderes.«
»So, um was denn?«
»Es geht darum, daß ... «, oh, jetzt muß ich verdammt aufpassen, was ich sage. Jetzt muß ich mich dreihundertprozent konkret ausdrücken.
»Na, was ist?« Sein Sarkasmus stellt sich bereits in Positur, um dann im richtigen Moment volle Pulle zuschlagen zu können.
»Es geht eigentlich um zweierlei.«
»Also, überleg dir gut, was du jetzt sagst, denn wenn du jetzt wieder mit dem üblichen Beziehungsgeschwätz kommst, brauchst du gar nicht anzufangen. Da schalte ich auf Durchgang, verstehst du? Da rein, dort raus!« Er deutet erst auf sein linkes, und dann auf sein rechtes Ohr, um jegliches Mißverständnis meinerseits zu vermeiden.
Ich verstehe ihn richtig, gebe die Hoffnung aber noch nicht auf: »Du kannst so viele Erdnüsse essen wie du willst ... »
»Danke, Mama, sehr großzügig!«
»Ach, Harry, unterbrich mich doch nicht dauernd!« Verflixt, schon wieder so ein unüberlegter Satz!
»Erstens ist es eine unverschämte Unterstellung, daß ich dich dauernd unterbreche, und zweitens ist Unterbrechen erlaubt, das gehört einfach zu einer nomalen Diskussion, hält sie lebendig, sozusagen. Das weiß jedes Kind.« Er feixt.

»Na gut.« Ich beginne bereits zu resignieren, gebe aber noch nicht auf. »Also, was mir fehlt, ist, daß wir miteinander reden ...«
Er verfällt umgehend in beißendes Gelächter und haut sich auf die Schenkel.
»Das ist grandios, wirklich grandios. Du willst doch nicht etwa behaupten, daß wir nicht miteinander reden. Wir tun ja überhaupt nichts anderes. Reden, reden, reden. Du willst nichts anderes als reden. Aber das Schlimme ist, daß überhaupt nichts Neues von dir kommt. Du leierst immer wieder dasselbe, wie eine Schallplatte mit Sprung. Kann ja sein, daß dir das Spaß macht, mir macht es keinen. Mich ödet das an. Ich kann dir gar nicht sagen, wie es mich anödet!«
Ich gebe immer noch nicht auf, und meine Freunde würden mir jetzt zu recht Masochismus unterstellen.
»Wir reden nicht miteinander, wir streiten nur.«
»Ja, und worüber streiten wir? Daß wir nicht miteinander reden. Du bist echt nicht ganz sauber. Weißt du was, ich hab die Schnauze voll. Ich geh jetzt zum Schneiderwirt, setz mich an den Stammtisch und esse dort in aller Ruhe einen Schweinebraten. Da muß ich mir wenistens nicht so einen Schwachsinn anhören.«
Er eilt durch die Tür, poltert die Treppe hinunter, und weg ist er.

Schlimm ist, daß ich vor einiger Zeit beschlossen habe, meinen Frust nicht mehr bei meinen Freunden abzuladen, sondern für mich zu behalten. Ich habe sie lange genug genervt, vorbei die tränenüberströmten Anrufe bei Viktoria oder Marianne oder Richard oder Ulla. Vorbei die Telefonseelsorge rund um die Uhr, vorzugsweise spät abends. Gähnend aber geduldig ließen sie meine Verzweiflungsanfälle über sich ergehen, trösteten mich und gaben mir vergeblich gute Ratschläge. Diese Zeiten gehören der Vergangenheit an, weil es mir selbst peinlich ist, immer wieder dieselbe unendliche Geschichte von Harry zu erzählen. Meine Freunde kennen sie mittlerweile so gut, daß sie ein Buch darüber schreiben könnten. Das wäre aber außerordentlich langweilig, weil auf jeder Seite dasselbe stünde: Er versteht mich nicht, er ist so lieblos, er ist so sarkastisch, er redet nicht mir mir, er ist so rechthaberisch, er hat eine Mutterneurose, er liebt immer noch seine tote Freundin, er kritisiert mich dauernd, er hört mir nicht zu, er ist rechthaberisch, er mag nicht kuscheln, er ist so selbstgerecht, er schiebt die Schuld für unsere beschissene Beziehung immer mir zu, und so weiter und so weiter. Er, er und nochmal er. Ich kann den Text selber nicht mehr hören, also auch nicht anderen Menschen zumuten.

Desolat und in mich zusammengefallen hocke ich am Eßtisch. Ich sehe Harry vor mir, wie er beim Schneiderwirt am Stammtisch hockt, sich guter Dinge den Schweinebraten einverleibt, Bier trinkt und angeregt mit »normalen« Menschen über Politik, Umweltverschmutzung und den Krieg in Bosnien diskutiert. Hätte ich nicht so eine Abscheu vor cholerischen Ausbrüchen, so würde ich jetzt mit Wonne den Inhalt des Geschirrschrankes an die Wände donnern, alle Dateien von Harrys Computer löschen, einen Eimer Wasser auf seine Matratze schütten, die Beine seiner Hosen abschneiden, seine weißen Hemden mit bunter Acrylfarbe verzieren, die teuren Designerstühle durch die geschlossenen Fenster schmeißen und als Krönung die ganze Bude mit Schaum aus dem Feuerlöscher verzieren, als Sahnehäubchen sozusagen. Ja, das würde mir jetzt Spaß machen. Ganz gigantischen, unbändigen Spaß! Hämisch lachen würde ich, aus voller Kehle »Blödes Arschloch!« schreien, dabei eine zügellose Genugtuung empfinden und mir sein schockiertes Gesicht vorstellen, wie es ungläubig ins Chaos glotzt, während er angesichts der infernalischen Verwüstung fassungslos von Zimmer zu Zimmer wankt. Aber ich bin eine vernünftige Frau und weiß, daß nicht die Gefühle mich, sondern ich die Gefühle im Griff habe. Jawoll! Und außerdem müßte ich den Racheakt auf irgendeine gemeine Weise bestimmt wieder ausbaden, und was hätte ich dann letztendlich davon? Nichts. Ich beschließe, mir einen Film anzuschauen und die Flasche Wein dabei zu leeren.

Über die Mattscheibe flimmert eine amerikanische Komödie zum Thema Beziehungskiste. Protagonisten sind Doris Day und Rock Hudson. Damals war noch nicht bekannt, daß dieser Traum aller Frauen sich nicht im geringsten für das weibliche Geschlecht interessierte, sondern einen unwiderstehlichen Drang zu Männern hatte. Schwer zu glauben, bei diesem Prachtexemplar personifizierter Männlichkeit. Aber so ist es nun mal, unsere Wunschvorstellungen schlagen uns ein Schnippchen nach dem anderen, und wenn wir dann perplex der Realität gegenüberstehen, wollen wir sie nicht wahrhaben und basteln wie die Wahnsinnigen daran herum, so lange, bis wir total entkräftet resignieren und uns mit den Tatsachen abfinden. Das kann manchmal allerdings Jahre dauern, ich bin ein anschauliches Beispiel für dieses Phänomen.

Doris und Rock befinden sich in der Küche, augenscheinlich beim Frühstück, denn sie trägt einen liebreizenden, gesteppten Morgenmantel mit bonbonfarbenem Rosenblütenmuster, und ihr blondes Haar ist auf dicke Lockenwickler gerollt. Er läuft hektisch und wild gestikulierend hin und her, sie sitzt verzagt und schweigend auf einem Stuhl. Dafür spricht ihr Gesicht, sagt einfach alles, gibt unmißverständlich ihre zutiefst verletzten Gefühle preis. Rock hält diese stummen Vorwürfe nicht mehr aus, stürzt zur Tür, reißt sie mit dramatischer Geste auf und flüchtet in den Garten. Die angelehnte Tür bewegt sich im Windzug sanft hin und her.

Doris sitzt verlassen am Tisch, leidet ganz arg und rollt mit leerem Blick ihre Serviette zu einer Stoffwurst, mit der sie sich die Tränen abtupft, die unaufhaltsam aus ihren blauen Augen kullern. Zwischendurch dreht sie immer wieder den Kopf in Richtung Tür, die immer noch leise im Wind klappert. Doris hofft inständig, er möge zurückkommen, das sieht man ganz deutlich. Sie hofft und hofft, und tatsächlich, es dauert nicht lange, die Tür öffnet sich ein wenig, Rock schiebt zaghaft sein schuldbewußtes Gesicht durch den Spalt, sieht Doris leise schluchzend die Serviettenwurst über die Tischdecke rollen,

und schon bricht es emotionsgeladen aus ihm heraus: »Liebling, verzeih mir!«
Man spürt förmlich, wie ihm die Sache leid tut, sein schlechtes Gewissen füllt den Bildschirm, aber Doris lächelt bereits mild und vergebend, unter Tränen, versteht sich. Rock ist enorm erleichtert, eilt mit großen Schritten auf sie zu, reißt sie vom Stuhl, wickelt seine kräftigen Arme um ihre schmalen Schultern, drückt sie an seine bebende Brust und stößt leidenschaftlich hervor: »Ich liebe dich!« Doris strahlt mit verheultem Gesicht glückselig und haucht: »Oh Liebling, ich liebe dich auch!« Eng aneinander geschmiegt stehen die beiden an die Spüle gelehnt, sie kuschelt ihr blondes Köpfchen an seine starke, breite Brust und sticht ihre Lockenwickler in sein Kinn. Ihm macht das aber nichts aus, er hält sie fest umschlungen und stammelt immer wieder, daß er sie über alles liebe, ein roher, gefühlloser Grobian sei und sie überhaupt nicht verdient habe. »Nein, nein!« wispert sie tränenerstickt, das stimme doch gar nicht, sie sei viel zu empfindlich und er der beste Ehemann der Welt. Rock lächelt überglücklich, trotz der Lockenwicklerstacheln im Kinn, und dann küssen sie sich.
Ich halte es nicht aus, der romantische Kitsch ist kaum zu überbieten, trifft mich aber genau an der Stelle, wo es so richtig weh tut. Jetzt schluchze ich, allerdings ohne Serviettenwurst in der Hand. Die Tränen tropfen auf mein T-Shirt, und ich kann zur Tür gucken so oft ich will, kein zerknirschter Harry schiebt sein schuldbewußtes Gesicht ins Zimmer. Er taucht erst nach eineinhalb Stunden wieder auf, als

ich mich gottlob wieder im Griff habe, Gelassenheit demonstrierend Gummibärchen esse und in der Glotze gebannt einen Mann beobachte, der gerade im Begriff ist, einer stöhnenden, halbnackten Frau den Büstenhalter zu öffnen. Harry würdigt mich keines Blickes, murmelt im Vorbeigehen »Gute Nacht« und zieht sich in sein Zimmer zurück. Nachdem der Mann auf dem Bildschirm die Frau vernascht hat, raucht er schwitzend, aber mit zufriedener Miene eine Zigarette, ich knipse das Licht aus und gehe auch ins Bett. Einsam liege ich in der Dunkelheit und verspüre nicht die geringste Lust, morgen Golf zu spielen.

23. Aus

Zehn Stunden später wache ich auf, die ersten Sonnenstrahlen drängen sich durch den schmalen Schlitz zwischen Dachfenster und Rollo und werfen helle Streifen an die Wand. Ich stecke den Kopf durch die Luke, die Wettervorhersage stimmt ausnahmsweise, unter wolkenlosem Himmel schimmert silbergrau der See, die goldene Turmspitze des Kloster Andechs ragt glänzend in den schweinchenrosa Horizont. Draußen herrscht himmelblaues Heileweltwetter, aber drinnen bei mir ist die Welt nicht himmelblau und heil, sondern schwarzgrau und aus den Fugen geraten, ich möchte mich unter der Bettdecke verkriechen, nichts hören, nichts sehen, geschweige denn einen Golfball. Der ganze Streß mit Harry hängt mir massiv in den Knochen, ich hab alles so satt und möchte in das Fell meines Katers weinen, der mal wieder schnurrend sein Dasein genießt. Hätte Christl mich nicht eingeladen, kein Mensch würde mich aus den Federn kriegen. Aber so raffe ich mich auf, putze erst die Zähne und dann die Golfschläger, trinke eine Tasse Tee und sitze pünktlich um halb zehn im Auto. Harry schläft noch oder macht sonstwas in seinem Bett, auf alle Fälle läßt er sich nicht blicken, um mir Toi-Toi-Toi oder sonst irgend etwas Nettes zu wünschen.
Die Straßen sind menschenleer, und ich fahre betrübt durch die einsame Moorlandschaft. Rehbraune Schilfwiesen wogen bedächtig im lauen Spätsommerwind, riesige Reiher staksen auf roten, dünnen

Beinen durch die Tümpel und stochern mit ihren langen Schnäbeln nach Futter, junge wuschelige Entchen paddeln zwischen Seerosen munter ihrer Mutter hinterher, der Geruch von frischem Heu hängt in der Luft, die Welt ist so richtig in Ordnung, und im Radio spielen sie »Brothers in arms«. Dieses Lied kann ich schon bei stabilem Gemütszustand kaum aushalten. Die Hammondorgel wimmert, die Gitarren klagen, und ich spüre mein Herz, das wie ein Bleiklumpen in meiner Brust hängt und dumpf und widerwillig vor sich hin schlägt.

Christl steht in roten Shorts auf dem Parkplatz und winkt fröhlich. Ich zerre mein Golfbag aus dem Kofferraum, tausche meine Sommerlatschen gegen die Golfschuhe, klickere auf sie zu und sage: »Danke für die Einladung, ich weiß zwar nicht, warum du das machst ...«. Sie unterbricht mich und sagt schlicht: »Weil i di mog.«

Ja, so einfach ist das, sie hat mich eingeladen, weil sie mich mag, ich solle einfach einen schönen Tag haben, meint sie weiter. Als würde sie den siebten Sinn haben und ahnen, wie ich mich zur Zeit fühle. Dann drückt sie mich und geht, weil sie in einem anderen Flight spielt und eine halbe Stunde früher abschlägt als ich.

»Tschüs, bis später«, sage ich.

»Mach's guat!« sagt sie und winkt frohgemut mit ihrem zierlichen Händchen.

Ich kaufe mir einen Eimer Übungsbälle und gehe zur Driving Range. Der erste Ball bewegt sich ungefähr fünf Meter weit. Der zweite fliegt ein nach links, der dritte fällt gerade mal vom Tee. Mensch, reiß dich doch zusammen! Also gut, ich konzentriere mich. Ziel anpeilen, Knie anwinkeln, Gewicht gut ausbalancieren, Schläger nach rechts oben ziehen und dann zügig nach links durchschwingen. Der Ball bewegt sich einigermaßen. Den nächsten haue ich wieder nach links, dem folgt ein rechter Querschläger. So geht's weiter mit dem ganzen Eimer. Ich schlage wie ein Anfänger in seiner dritten Stunde, es ist einfach nur furchtbar. Jetzt nur nicht heulen! Am besten ist, ich fahre wieder nach Hause, das hat alles überhaupt keinen Sinn, kein Mensch wird mir glauben, daß ich überhaupt ein Handicap habe! Meine Mitspieler werden die Augenbrauen zusammenziehen und seufzend mit mir im hohen Gras herumtappen, um meine Bälle zu suchen. Ich werde mich bis auf die Knochen blamieren.

Und wenn schon! Ich stecke meine Schläger in die Tasche und schleppe sie zum ersten Abschlag. Dort erwarten mich bereits zwei ältere Damen. Das hat mir noch gefehlt. Beide haben ein erheblich besseres Handicap als ich, und mit denen soll ich jetzt über den Platz schlurfen und sie mit meinen grandiosen Schlägen beeindrucken, das kann ja prima werden! Verdrossen stehe ich da und schaue zu, wie die erste Dame abschlägt. Sie ist ungefähr Mitte siebzig, und der Ball düst in hohem Bogen und geradlinig in Richtung Grün. Dann ist die andere Dame dran, sie ist ungefähr zehn Jahre jünger, und ihr Ball landet ein paar Meter neben dem anderen. Jetzt bin ich an der Reihe. Resigniert tappe ich auf den Abschlag, stecke mein Hölzchen in die Erde, peile das Grün an,

stelle mich mit mit leicht gebeugten Knien in Zielrichtung, ziehe den Schläger nach rechts oben und schwinge durch.
»Hervorragender Schlag«, sagen die beiden Damen wie aus einem Mund. Stimmt. Es ist nicht zu glauben, aber mein Ball rast wie eine kleine Rakete in den Spätsommerhimmel und schwirrt zielstrebig dorthin, wo ich ihn hingewünscht habe, mitten auf das Fairway. Seine polierte Oberfläche glitzert stolz in der Sonne. Naja, Zufall, solche Schläge gelingen einem zwischendurch immer mal, ohne daß man genau sagen könnte, warum. Aber jetzt schreite ich meinem zweiten Schlag entgegen, und der wird garantiert in das Wäldchen da links driften oder nach rechts auf das andere Fairway hoppeln. Schicksalsergeben latsche ich auf meinen Ball zu und haue drauf. Er landet direkt vor dem Grün. Noch ein Zufall. Aber jetzt kommt dieser verflixte Annäherungsschlag, der schwierigste Schlag beim Golfspiel überhaupt, weil er mit extrem viel Gefühl ausgeführt werden muß. Haut man zu sehr drauf, landet der Ball soweit hinter dem Grün, wie er jetzt davor liegt, haut man zu wenig drauf, bringt einen das im wahrsten Sinn des Wortes auch nicht weiter. Ich hole also aus, der Ball landet einen Meter neben dem Loch, mit dem vierten Schlag lasse ich ihn behutsam hineinkullern. Die beiden älteren Damen nicken beifällig.
Naja, das erste Loch war reines Glück, das hat jeder mal. Aber vor mir liegen weitere siebzehn Löcher, und ich bin heute in miserabler Form. Mißmutig trotte ich zum nächsten Abschlag. Der Ball fliegt,

weit und gerade, ich begreife es nicht. Auch der nächste Schlag ist hervorragend, der dritte auch, mit dem vierten liege ich neben dem Loch, und mit dem fünften loche ich ein.

»Was für ein Handicap haben Sie?« fragt die ältere der beiden Damen. Als ich es ihr sage, schüttelt sie ungläubig den Kopf und murmelt: »Erstaunlich!«

Das dritte Loch spiele ich fast so gut wie die ersten beiden, auch das vierte, auch das fünfte. Ich schüttle mittlerweile auch den Kopf, das gibt es doch nicht! Das kann doch gar nicht sein, aber jetzt spätestens ist Schluß mit der Glückssträhne. Diese Vorhersage ist keine Kunst, man braucht nur zu registrieren, wo das Grün liegt. Es liegt zwar nicht weit, und deshalb braucht ein guter Spieler auch nur maximal drei Schläge um einzulochen. Aber, wie gesagt, ein guter Spieler nur, denn ein schlechter locht gar nicht ein, weil er nämlich seinen Ball in den See schlägt, der das Grün fast gänzlich einrahmt.

Meine Mitspielerinnen und ich stehen wartend rechts neben dem Abschlag, dieses Loch erfordert naturgemäß etwas mehr Zeit als andere, und der Flight vor uns ist gerade erst dabei abzuschlagen. Der erste Spieler schlägt prompt in den See, der zweite hat Glück, der Ball prallt zwar kurz auf's Wasser, hopst dann aber wie durch Zauberhand auf die Böschung, der dritte schlägt wenigstens gleich auf die Böschung, aber nicht einer hat das Grün getroffen. Na bravo, das macht Mut! Nachdem die drei mit viel Mühe eingelocht haben und endlich vom Grün trotten, sind wir dran. Aufgrund meines bisherigen hervorragenden Spiels darf ich als erste abschlagen. So, jetzt ist es soweit, endgültig. Ich werde mit meinem schönen weißen Ball die Fische füttern, daran zweifle ich nicht im geringsten und lasse den Schläger sausen.

Die beiden Damen schreien entzückt auf. »Was für ein Schlag!« rufen sie. Ja, was für ein Schlag! Der Ball liegt auf dem Grün, so nahe beim Loch, daß ich ihn mit ein bißchen Glück sogar mit dem zweiten Schlag ins Loch befördern kann. Das tue ich zwar nicht, er rollt ein paar mickrige Zentimeterchen dran vorbei, aber immerhin verlasse ich das Grün mit nur drei Schlägen, profimäßig! Ha, kann man mal sehen, man muß mit allem rechnen, auch mit einem guten Spiel!

Ich komme mir vor wie ein Schlafwandler. Stoisch zottele ich von Loch zu Loch und erwarte bei jedem Schlag die ultimative Wende. Irgendwann muß doch mal Schluß sein mit diesen wunderbaren Schlägen, die den Ball elegant und schwerelos vom Abschlag zaubern, weit und gerade, als führe ein guter Geist meine Hand.

»Du mußt nicht glauben, daß ich normalerweise so spiele«, rechtfertige ich mich bei der älteren Dame, die Elfriede heißt und mir mittlerweile das Du angeboten hat. »Vorhin, auf der Driving Range, habe ich nicht einen Ball getroffen.«

Ihr faltenüberzogenes Gesicht lächelt mich verständnisvoll an. »Ja, ja, das kenne ich ...«, meint sie.

»Ich kann es wirklich nicht fassen«, rede ich weiter, während wir unsere Bags zum nächsten Abschlag rollen.

»Dazu kommt noch, daß ich zur Zeit unheimlich schlecht drauf bin ... Beziehungsstreß ..., am liebsten wäre ich heute gar nicht aufgestanden ... Du verstehst schon! »
Elfriede tätschelt meinen Rücken. »Klar versteh ich dich, aber man darf sich nicht das Leben versauern lassen von Menschen oder Umständen, verstehst du, was ich meine? Und wenn du jetzt im Bett liegen würdest, hättest du erstens diesen wunderschönen Tag verpaßt und zweitens ein Erfolgslebnis!«

Was hat sie da gesagt? Verdammt noch mal, genau das ist! Ja, ich verpasse das Leben, statt daß ich es genieße. Lasse es mir die ganze Zeit durch Harry versauern, lasse mir die Freude vermiesen und die Laune verderben. Wieviele Tage habe ich heulend und deprimiert im Bett verbracht, voller Selbstmitleid und mit der frohen Hoffnung, daß sich irgend etwas ändern wird? Lauter verpaßte Tage, und geändert hat sich absolut gar nichts!
Plötzlich fällt mir ein Spruch von Johannes ein, den er uns zum Abschluß mit auf den Weg gegeben hat und der da lautet: »Love it, change it, or leave it!«
Genau das ist es, das simpelste und beste Lebensmotto schlechthin! Entschlossen betrete ich den nächsten Abschlag, ziehe den Schläger nach rechts oben und schwinge ihn mit voller Kraft durch. Ja! Da fliegt er wieder, der kleine weiße Ball, freudvoll und übermütig fliegt er mitten hinein in den blauen Himmel. Er fliegt, fliegt und fliegt, und vielleicht kommt er nie wieder runter ...

Fünf Uhr nachmittags. Christl kommt mit zwei Gläsern Schampus auf mich zu, strahlt wie ein Honigkuchenpferd, sagt: »Des hob i gwußt, irgendwie hob i des gwußt, daß du heut guat spuilst ...«
Ich bin Tagessiegerin, habe mein Handicap um sagenhafte sechs Punkte runtergespielt und nehme unter begeistertem Beifall von Christl, Elfriede und Hedwig einen häßlichen Pokal entgegen. Glücklich drücke ich ihn an die Brust.

Zwei Stunden später bin ich wieder zu Hause. »Na, wie war's«, fragt Harry, der Sportschau guckt und Erdnüsse futtert.
»Ach ..., ganz nett.«
Dann drehe ich mich um, gehe in mein Büro und schreibe einen Brief.
Empfänger: Süddeutsche Zeitung, Anzeigenabteilung.
Text:
Grafikerin mit Katze sucht ruhige Vierzimmerwohnung ...

Bitte blättern Sie weiter...

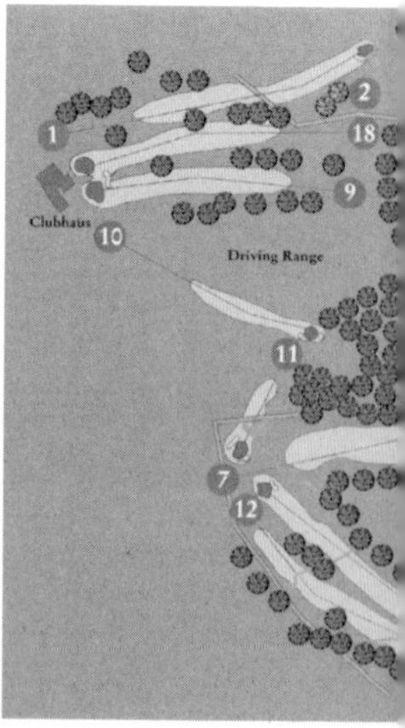
2
1
18
9
Clubhaus
10
Driving Range
11
7
12